我的记忆
望舒草
望舒诗稿
灾难的岁月

戴望舒 著

中州古籍出版社
·郑州·

图书在版编目（CIP）数据

我的记忆；望舒草；望舒诗稿；灾难的岁月／戴望舒著．—郑州：中州古籍出版社，2017.5
ISBN 978-7-5348-6705-7

Ⅰ．①我… Ⅱ．①戴… Ⅲ．①诗集－中国－当代 Ⅳ．① I227

中国版本图书馆 CIP 数据核字 (2016) 第 290676 号

我的记忆；望舒草；望舒诗稿；灾难的岁月

出 版 社：中州古籍出版社
（地址：郑州市经五路 66 号　邮政编码：450002
电话：0371-65788808　65788179）
出 品 人：张存威　赵学军
策 划 人：吴　浩
责任编辑：唐志辉　翟　楠
发行单位：新华书店
承印单位：河南新华印刷集团有限公司
开本：640mm×960mm　　　　　　1/16
字数：142 千字　　　　　　　　　印张：11.75
版次：2017 年 5 月第 1 版　　　　印次：2017 年 5 月第 1 次印刷

定价：33.00 元
本书如有印装质量问题，由承印厂负责调换。

关于"昨日书林"

民国时期正是中西方文化发生激烈碰撞的时期，这种碰撞造就了一批民国的学术大师。这批学术大师肩负起了引进、探究西方文化和整理、继承中国文化的双重使命，起到了承前启后的关键作用。他们给我们留下来大批具有较高价值的著作，虽然历经岁月洗磨，至今仍熠熠生辉。

出于种种原因，这些著作，有的版本繁多，内容不一；有的久不再版，以至于一书难求；有的泯于历史，销声匿迹。有鉴于此，我们组织出版了"昨日书林"这套丛书，将这些经典著作重新发掘、整理出来，推荐给读者。

丛书名曰"昨日书林"，即有"昨日"与"书林"两层含义。所谓"昨日"，概指收录图书的时间范围。丛书所收录图书的作者是在某一方面有特长的专家、学者，并且主要活跃于民国时期。这里所说的民国时期是指1912～1949年。然而一些著作的成形，可以追溯至1912年之前若干年，或者延伸至1949年之后若干年，因其有独特的地位和价值，亦酌情收录。而"书林"二字，本来有"丛书"的意思，这里亦指那些经久不衰、卓然于普通图书的民国经典著作。

关于"昨日书林"

"昨日书林"首批计划选取民国经典著作200种,大致分为两种方式出版:一种是横排简体,一种是原版影印。其中横排简体部分又分为社科、文艺和译著三类。原版影印主要选取金石、图录等具有一定史料价值和收藏价值的著作。

我们的发掘、整理工作,正如沧海拾珠,虽不免有遗珠之憾,但至少有拾珠之得,可以积少成多。希望经过我们的努力,"昨日书林"这套丛书能成为一座靠近民国大师、品味经典著作的桥梁。

编者

目 录

我的记忆

夕阳下 ·· 3
寒风中闻雀声 ······································ 4
自家伤感 ·· 5
生涯 ·· 6
流浪人的夜歌 ······································ 8
Fragments ·· 9
凝泪出门 ·· 10
可知 ·· 11
静夜 ·· 13
山行 ·· 14
残花的泪 ·· 15
十四行 ·· 17
不要这样盈盈地相看 ································ 18
回了心儿吧 ·· 20
Spleen ·· 21

目录

残叶之歌 …………………………………… 22
Mandoline ………………………………… 24
雨巷 ………………………………………… 25
我的记忆 …………………………………… 28
路上的小语 ………………………………… 30
林下的小语 ………………………………… 32
夜 …………………………………………… 34
独自的时候 ………………………………… 35
秋天 ………………………………………… 36
对于天的怀乡病 …………………………… 37
断指 ………………………………………… 39

望舒草

印象 ………………………………………… 43
到我这里来 ………………………………… 44
祭日 ………………………………………… 45
烦忧 ………………………………………… 47
百合子 ……………………………………… 48
八重子 ……………………………………… 49
梦都子 ……………………………………… 50
我的素描 …………………………………… 51
单恋者 ……………………………………… 53
老之将至 …………………………………… 55
秋天的梦 …………………………………… 57
前夜 ………………………………………… 58
我的恋人 …………………………………… 59
村姑 ………………………………………… 60
野宴 ………………………………………… 62

三顶礼 …………………………………… 63
二月 ……………………………………… 64
小病 ……………………………………… 65
款步（一） ……………………………… 66
款步（二） ……………………………… 67
过时 ……………………………………… 68
有赠 ……………………………………… 69
游子谣 …………………………………… 71
秋蝇 ……………………………………… 72
夜行者 …………………………………… 74
微辞 ……………………………………… 75
妾薄命 …………………………………… 76
少年行 …………………………………… 77
旅思 ……………………………………… 78
不寐 ……………………………………… 79
深闭的园子 ……………………………… 80
灯 ………………………………………… 81
寻梦者 …………………………………… 83
乐园鸟 …………………………………… 85

望舒诗稿

古神祠前 ………………………………… 89
见勿忘我花 ……………………………… 91
微笑 ……………………………………… 92
霜花 ……………………………………… 93

目 录

灾难的岁月

- 古意答客问 ······ 97
- 灯 ······ 98
- 秋夜思 ······ 100
- 小曲 ······ 101
- 赠克木 ······ 102
- 眼 ······ 104
- 夜蛾 ······ 107
- 寂寞 ······ 108
- 我思想 ······ 109
- 元日祝福 ······ 110
- 白蝴蝶 ······ 111
- 致萤火 ······ 112
- 狱中题壁 ······ 114
- 我用残损的手掌 ······ 116
- 心愿 ······ 118
- 等待（一） ······ 120
- 等待（二） ······ 121
- 过旧居（初稿） ······ 123
- 过旧居 ······ 124
- 示长女 ······ 128
- 在天晴了的时候 ······ 131
- 赠内 ······ 133
- 萧红墓畔口占 ······ 134
- 口号 ······ 135
- 偶成 ······ 136

集外诗
 流水 …………………………………………… 139
 我们的小母亲 ………………………………… 141
 昨晚 …………………………………………… 143
 无题 …………………………………………… 145

附录
 诗论零札（一） ……………………………… 149
 诗论零札（二） ……………………………… 154
 谈林庚的诗见和"四行诗" …………………… 157
 记诗人许拜维艾尔 …………………………… 164
 诗人梵乐希逝世 ……………………………… 173

我的记忆

《我的记忆》，1929年4月由上海水沫书店出版，共收录戴望舒诗作26首。这些诗作的创作时间为1924～1929年。

夕 阳 下

晚云在暮天上散锦,
溪水在残日里流金;
我瘦长的影子飘在地上,
像山间古树的寂寞的幽灵。

远山啼哭得紫了,
哀悼着白日的长终;
落叶却飞舞欢迎
幽夜的衣角,那一片清风。

荒冢里流出幽古的芬芳,
在老树枝头把蝙蝠迷上,
它们缠绵琐细的私语,
在晚烟中低低地回荡。

幽夜偷偷地从天末归来,
我独自还恋恋地徘徊;
在这寂寞的心间,我是
消隐了忧愁,消隐了欢快。

❖ 我的记忆

寒风中闻雀声

枯枝在寒风里悲叹,
死叶在大道上萎残;
雀儿在高唱薤露歌,
一半儿是自伤自感。

大道上寂寞凄清,
高楼上悄悄无声,
只那孤岑的雀儿
伴着孤岑的少年人。

寒风吹老了树叶,
又来吹老少年的华鬓,
更在他的愁怀里
将一丝的温馨吹尽。

唱啊,我同情的雀儿,
唱破我芬芳的梦境;
吹罢,你无情的风儿,
吹断了我飘摇的微命。

自家伤感

怀着热望来相见，
冀希从头细说，
偏你冷冷无言；
我只合踏着残叶
远去了，自家伤感。

希望今又成虚，
且消受终天长怨。
看风里的蜘蛛，
又可怜地飘断
这一缕零丝残绪。

❖ 我的记忆

生　涯

泪珠儿已抛残，
只剩了悲思。
无情的百合啊，
你明丽的花枝。
你太娟好，太轻盈，
使我难吻你娇唇。

人间伴我的是孤苦，
白昼给我的是寂寥；
只有那甜甜的梦儿，
慰我在深宵：
我希望长睡沉沉，
长在那梦里温存。

可是清晨我醒来
在枕边找到了悲哀：
欢乐只是一幻梦，
孤苦却待我生挨！
我暗把泪珠哽咽，

我又生活了一天。

泪珠儿已抛残,
悲思偏无尽,
啊,我生命的慰安!
我屏营待你垂悯:
在这世间寂寂,
朝朝只有呜咽。

❖ 我的记忆

流浪人的夜歌

残月是已死的美人,
在山头哭泣嘤嘤,
哭她细弱的魂灵。

怪枭在幽谷悲鸣,
饥狼在嘲笑声声,
在那残碑断碣的荒坟。

此地是黑暗的占领,
恐怖在统治人群,
幽夜茫茫地不明。

来到此地泪盈盈,
我是颠连飘泊的孤身,
我要与残月同沉。

Fragments[①]

不要说爱还是恨,
这问题我不要分明:
当我们提壶痛饮时,
可先问是酸酒是芳醇?

愿她温温的眼波
荡醒我心头的春草:
谁希望有花儿果儿?
但愿在春天里活几朝。

① 法文,收入《望舒诗稿》时译为"断章"。

❖ 我的记忆

凝泪出门

昏昏的灯,
溟溟的雨,
沉沉的未晓天;
凄凉的情绪;
将我的愁怀占住。

凄绝的寂静中
你还酣睡未醒;
我无奈踯躅徘徊,
独自凝泪出门:
啊,我已够伤心。

清冷的街灯,
照着车儿前进;
在我的胸怀里,
我是失去了欢欣,
愁苦已来临。

可　　知

可知怎的旧时的欢乐
到回忆都变作悲哀，
在月暗灯昏时候
重重地兜上心来，
啊，我的欢爱！

为了如今惟有愁和苦，
朝朝的难遣难排，
恐惧以后无欢日，
愈觉得旧时难再，
啊，我的欢爱！

可是只要你能爱我深，
只要你深情不改，
这今日的悲哀，
会变作来朝的欢快，
啊，我的欢爱！

否则悲苦难排解，

❖ 我的记忆

幽暗重重向我来,
我将含怨沉沉睡
睡在那碧草青苔,
啊,我的欢爱!

静　夜

像侵晓蔷薇的蓓蕾
含着晶耀的香露,
你盈盈地低泣,低着头,
你在我心头开了烦忧路。

你哭泣嘤嘤地不停,
我心头反覆地不宁;
这烦忧是从何处生
使你堕泪,又使我伤心?

停了泪儿啊,请莫悲伤,
且把那原因细讲,
在这幽夜沉寂又微凉,
人静了,这正是时光。

❖ 我的记忆

山　行

见了你朝霞的颜色，
便感到我落月的沉哀，
却似晓天的云片，
烦怨飘上我心来。

可是不听你啼鸟的娇音，
我就要像流水地呜咽，
却似凝露的山花，
我不禁地泪珠盈睫。

我们行在微茫的山径，
让梦香吹上了征衣，
和那朝霞，和那啼鸟，
和你不尽的缠绵意。

残花的泪

寂寞的古园中,
明月照幽素,
一枝凄艳的残花
对着蝴蝶泣诉:

我的娇丽已残,
我的芳时已过,
今宵我流着香泪,
明朝会萎谢尘土。

我的旖艳与温馨,
我的生命与青春
都已为你所有,
都已为你消受尽!

你旧日的蜜意柔情,
如今已抛向何处?
看见我憔悴的颜色,
你啊,你默默无语!

❖ 我的记忆

你会把我孤凉地抛下，
独自蹁跹地飞去，
又飞到别枝春花上，
依依地将她恋住。

明朝晓日来时，
小鸟将为我唱薤露歌；
你啊，你不会眷顾旧情，
到此地来凭吊我！

十 四 行

微雨飘落在你披散的鬓边,
像小珠碎落在青色的海带草间
或是死鱼飘翻在浪波上,
闪出神秘又凄切的幽光;

诱着又带着我青色的灵魂
到爱和死的梦的王国中睡眠,
那里有金色的空气和紫色的太阳,
那里可怜的生物将欢乐的眼泪流到胸膛;

就像一只黑色的衰老的瘦猫,
在幽光中我憔悴又伸着懒腰,
流出我一切虚伪和真诚的骄傲,
然后,又跟着它踉跄在轻雾朦胧;

像淡红的酒沫飘在琥珀钟,
我将有情的眼藏在幽暗的记忆中。

◆ 我的记忆

不要这样盈盈地相看

不要这样盈盈地相看,
把你伤感的头儿垂倒,
静,听啊,远远地,在林里,
在死叶上的希望又醒了。

是一个昔日的希望,
它沉睡在林里已多年;
是一个缠绵烦琐的希望,
它早在遗忘里沉湮。

不要这样盈盈地相看,
把你伤感的头儿垂倒,
这一个昔日的希望,
它已被你惊醒了。

这是缠绵烦琐的希望,
如今已被你惊起了。
它又要依依地前来
将你与我烦扰。

不要这样盈盈地相看,
把你伤感的头儿垂倒,
静,听啊,远远地,从林里,
惊醒的昔日的希望来了。

❖ 我的记忆

回了心儿吧

回了心儿吧，Ma chère ennemie①，
我从今不更来无端地烦恼你。

你看我啊，你看我伤碎的心，
我惨白的脸，我哭红的眼睛！

回来啊，来一抚我伤痕，
用盈盈的微笑或轻轻的一吻。

Aime un peu②！我把无主的灵魂付你：
这是我无上的愿望和最大的冀希。

回了心儿吧，我这样向你泣诉，
Un peu d'amour, pour moi ; c'est déjà trop③！

---

① 法文，意思是"我又爱又恨的冤家"。
② 法文，意思是"给我一点爱"。
③ 法文，意思是"你的爱，给我一点，我也就满足"。

Spleen[①]

我如今已厌看蔷薇色,
一任她娇红披满枝。

心头的春花已不更开,
幽黑的烦忧已到我欢乐之梦中来。

我的唇已枯,我的眼已枯,
我呼吸着火焰,我听见幽灵低诉。

去吧,欺人的美梦,欺人的幻象,
天上的花枝,世人安能痴想!

我颓唐地在挨度这迟迟的朝夕,
我是个疲倦的人儿,我等待着安息。

---

① 法文,收入《望舒诗稿》时译为"忧郁"。

❖ 我的记忆

残叶之歌

男　　子

你看，湿了雨珠的残叶
静静地停在枝头，
（湿了珠泪的微心
轻轻地贴在你心头。）

它踌躇着怕那微风
吹它到缥缈的长空。

女　　子

你看，那小鸟曾经恋过枝叶，
如今却要飘忽无迹。
（我的心儿和残叶一样，
你啊，忍心人，你要去他方。）

它可怜地等待着微风,
要依风去追逐爱者的行踪。

男　子

那么,你是叶儿,我是那微风,
我曾爱你在枝上,也爱你在街中。

女　子

来吧,你把你微风吹起,
我将我残叶的生命还你。

❖ 我的记忆

Mandoline[1]

从水上飘起的,春夜的 Mandoline,
你咽怨的亡魂,孤冷又缠绵,
你在哭你的旧时情?

你徘徊到我的窗边,
寻不到昔日的芬芳,
你惆怅地哭泣到花间。

你凄婉地又重进我的纱窗,
还想寻些坠鬟的珠屑——
啊,你又失望地咽泪去他方。

你依依地又来到我耳边低泣,
啼着那颓唐哀怨之音,
然后,懒懒地,到梦水间消歇。

---

[1] 法文,收入《望舒诗稿》时译为"闻曼陀铃"。

雨　　巷

撑着油纸伞，独自
彷徨在悠长，悠长
又寂寥的雨巷，
我希望逢着
　一个丁香一样地
结着愁怨的姑娘。

她是有
丁香一样的颜色，
丁香一样的芬芳，
丁香一样的忧愁，
在雨中哀怨，
哀怨又彷徨；

她彷徨在这寂寥的雨巷，
撑着油纸伞
像我一样，
像我一样地
默默行着，

❖ 我的记忆

冷漠,凄清,又惆怅。

她静默地走近
走近,又投出
太息一般的眼光,
她飘过
像梦一般地,
像梦一般地凄婉迷茫。

像梦中飘过
一枝丁香地,
我身旁飘过这女郎;
她静默地远了,远了,
到了颓圮的篱墙,
走尽这雨巷。

在雨的哀曲里,
消了她的颜色,
散了她的芬芳,
消散了,甚至她的
太息般的眼光,
她丁香般的惆怅。

撑着油纸伞,独自
彷徨在悠长,悠长

又寂寥的雨巷,
我希望飘过
一个丁香一样地
结着愁怨的姑娘。

❖ 我的记忆

我的记忆

我的记忆是忠实于我的,
忠实得甚于我最好的友人。

它存在在燃着的烟卷上,
它存在在绘着百合花的笔杆上,
它存在在破旧的粉盒上,
它存在在颓垣的木莓上,
它存在在喝了一半的酒瓶上,
在撕碎的往日的诗稿上,在压干的花片上,
在凄暗的灯上,在平静的水上,
在一切有灵魂没有灵魂的东西上,
它在到处生存着,像我在这世界一样。

它是胆小的,它怕着人们的喧嚣,
但在寂寥时,它便对我来作密切的拜访。
它的声音是低微的,
但是它的话是很长,很长,
很多,很琐碎,而且永远不肯休:
它的话是古旧的,老是讲着同样的故事,

它的音调是和谐的,老是唱着同样的曲子,
有时它还模仿着爱娇的少女的声音,
它的声音是没有气力的,
而且还夹着眼泪,夹着太息。

它的拜访是没有一定的,
在任何时间,在任何地点,
甚至当我已上床,朦胧地想睡了;
人们会说它没有礼貌,
但是我们是老朋友。

它是琐琐地永远不肯休止的,
除非我凄凄地哭了,或是沉沉地睡了;
但是我永远不讨厌它,
因为它是忠实于我的。

❖ 我的记忆

路上的小语

——给我吧,姑娘,那朵簪在你发上的
小小的青色的花,
它是会使我想起你的温柔来的。

——它是到处都可以找到的,
那边,你看,在树林下,在泉边,
而它又只会给你悲哀的记忆的。

——给我吧,姑娘,你的像花一样地燃着的,
像红宝石一般晶耀着的嘴唇,
它会给我蜜的味,酒的味。

——不,它只有青色的橄榄的味,
和未熟的苹果的味,
而且是不给说谎的孩子的。

——给我吧,姑娘,那在你衫子下的
你的火一样的,十八岁的心,
那里是盛着天青色的爱情的。

——它是我的,是不给任何人的,
除非别人愿意把他自己的真诚的
来作一个交换,永恒地。

◆ 我的记忆

林下的小语

走进幽暗的树林里
人们在心头感到了寒冷,
亲爱的,在心头你也感到寒冷吗?
当你拥在我怀里
而且把你的唇黏着我的时候?

不要微笑,亲爱的,
啼泣一些是温柔的,
啼泣吧,亲爱的,啼泣在我的膝上,
在我的胸头,在我的颈边。
啼泣不是一个短促的欢乐。

"追随你到世界的尽头",
你固执地这样说着吗?
你说得多傻!你去追随天风吧!
我呢,我是比天风更轻,更轻,
是你永远追随不到的。

哦,不要请求我的心了!

它是我的,是只属于我的。
什么是我们的恋爱的纪念吗?
拿去吧,亲爱的,拿去吧,
这沉哀,这绛色的沉哀。

❖ 我的记忆

夜

夜是清爽而温暖；
飘过的风带着青春和爱的香味，
我的头是靠在你裸着的膝上，
你想笑，而我却哭了。

温柔的是缢死在你的发上，
它是那么长，那么细，那么香；
但是我是怕着，那飘过的风
要把我们的青春带去。

我们只是被年海的波涛
挟着飘去的可怜的 épaves，
不要讲古旧的 romance 和理想的梦国了，
纵然你有柔情，我有眼泪。

我是怕着：那飘过的风
已把我们的青春和别人的一同带去了；
爱呵，你起来找一下吧，
它可曾把我们的爱情带去。

独自的时候

房里曾充满过清朗的笑声,
正如花园里充满过蔷薇;
人在满积着的梦的灰尘中抽烟,
沉想着消逝了的音乐。

在心头飘来飘去的是什么啊,
像白云一样地无定,像白云一样地沉郁?
而且要对它说话也是徒然的,
正如人徒然地向白云说话一样。

幽暗的房里耀着的只有光泽的木器,
独语着的烟斗也黯然缄默,
人在尘雾的空间描摹着惨白的裸体
和烧着人的火一样的眼睛。

为自己悲哀和为别人悲哀是一样的事,
虽然自己的梦是和别人的不同的,
但是我知道今天我是流过眼泪,
而从外边,寂静是悄悄地进来。

❖ 我的记忆

秋　　天

再过几日秋天是要来了，
默坐着，抽着陶器的烟斗，
我已隐隐地听见它的歌吹
从江水的船帆上。

它是在奏着管弦乐：
这个使我想起做过的好梦；
从前我认它为好友是错了，
因为它带了忧愁来给我。

林间的猎角声是好听的，
在死叶上的漫步也是乐事，
但是，独身汉的心地我是很清楚的，
今天，我没有闲雅的兴致。

我对它没有爱也没有恐惧，
我知道它所带来的东西的重量，
我是微笑着，安坐在我的窗前，
当浮云带着恐吓的口气来说：
秋天要来了，望舒先生！

对于天的怀乡病

怀乡病,怀乡病,
这或许是一切有一张有些忧郁的脸,
一颗悲哀的心,
而且老是缄默着,
还抽着一支烟斗的
人们的生涯吧。

怀乡病,哦,我呵,
我也许是这类人之一,
我呢,我渴望着回返到那个天,
到那个如此青的天。
在那里我可以生活又死灭,
像在母亲的怀里,
一个孩子笑着和哭着一样。

我呵,我真是一个怀乡病者,
是对于天的,对于那如此青的天的,
在那里我可以安安地睡着
没有半边头风,没有不眠之夜,

❖ 我的记忆

没有心的一切的烦恼,
这心,它,已不是属于我的,
而有人已把它抛弃了,
像人们抛弃了敝屣一样。

断　　指

在一口老旧的，满积着灰尘的书橱中，
我保存着一个浸在酒精瓶中的断指；
每当无聊地去翻寻古籍的时候，
它就含愁地向我诉说一个使我悲哀的记忆。

它是被截下来的，从我一个已牺牲了的朋友的手上，
它是惨白的，枯瘦的，和我的友人一样，
时常萦系着我的，而且是很分明的，
是他将这断指交给我的时候的情景：

"为我保存着这可笑又可怜的恋爱的纪念吧，望舒，
在零落的生涯中，它是只能增加我的不幸的了。"
他的话是舒缓的，沉着的，像一个叹息，
而他的眼中似乎是含着泪水，虽然微笑是在脸上。

关于他的"可怜又可笑的爱情"，
我是一些也不知道。
我知道的只是他是在一个工人家里被捕去的，
随后是酷刑吧，随后是惨苦的牢狱吧，

我的记忆

随后是死刑吧,那等待着我们大家的死刑吧。

关于他"可笑又可怜的爱情",
我是一些也不知道。
他从未对我谈起过,即使在喝醉了酒时;
但是我猜想这一定是一段悲哀的故事,他隐藏着,
他想使它跟着截断的手指一同被遗忘了。

这断指上还染着油墨的痕迹,
是赤色的,是可爱的,光辉的赤色的,
它很灿烂地在这截断的手指上,
正如他责备别人的懦怯的目光在我们的心头一样。

这断指常带了轻微又黏着的悲哀给我,
但是它在我又是一件很有用的珍品,
每当为了一件琐事而颓丧的时候,我会说:
"好,让我拿出那个玻璃瓶来罢。"

望舒草

《望舒草》收戴望舒1929～1932年诗作41首,因与《我的记忆》的旧作重复7首,因此,此处收录其诗作中不重复的34首。

印　象

是飘落深谷去的
幽微的铃声吧,
是航到烟水去的
小小的渔船吧,
如果是青色的珍珠;
它已堕到古井的暗水里。

林梢闪着的颓唐的残阳,
它轻轻地敛去了
跟着脸上浅浅的微笑。

从一个寂寞的地方起来的,
迢遥的,寂寞的呜咽,
又徐徐回到寂寞的地方,寂寞地。

❖ 望舒草

到我这里来

到我这里来,假如你还存在着,
全裸着,披散了你的发丝:
我将对你说那只有我们两人懂得的话。

我将对你说为什么蔷薇有金色的花瓣,
为什么你有温柔而馥郁的梦,
为什么锦葵会从我们的窗间探首进来。

人们不知道的一切我们都会深深了解,
除了我的手的颤动和你的心的奔跳:
不要怕我发着异样的光的眼睛,
向我来:你将在我的臂间找到舒适的卧榻。

可是,啊,你是不存在着了,
虽则你的记忆还使我温柔地颤动,
而我是徒然地等待着你,每一个傍晚,
在菩提树下,沉思地,抽着烟。

祭　日

今天是亡魂的祭日，
我想起了我的死去了六年的友人。
或许他已老一点了，怅惜他爱娇的妻，
他哭泣着的女儿，他剪断了的青春。

他一定是瘦了，过着飘泊的生涯，在幽冥中，
但他的忠诚的目光是永远保留着的，
而我还听到他往昔的熟稔有劲的声音，
"快乐吗，老戴？"（快乐，唔，我现在已没有了。）

他不会忘记了我：这我是很知道的，
因为他还来找我，每月一二次，在我梦里，
他老是饶舌的，虽则他已归于永恒的沉寂，
而他带着忧郁的微笑的长谈使我悲哀。

我已不知道他的妻和女儿到哪里去了，
我不敢想起她们，我甚至不敢问他，在梦里，
当然她们不会过着幸福的生涯的，
像我一样，像我们大家一样。

快乐一点吧,因为今天是亡魂的祭日;
我已为你预备了在我算是丰盛了的晚餐,
你可以找到我园里的鲜果,
和那你所嗜好的陈威士忌酒。
我们的友谊是永远地柔和的,
而我将和你谈着幽冥中的快乐和悲哀。

烦　忧

说是寂寞的秋的悒郁,
说是辽远的海的怀念。
假如有人问我烦忧的原故,
我不敢说出你的名字。

我不敢说出你的名字,
假如有人问我烦忧的原故:
说是辽远的海的怀念,
说是寂寞的秋的悒郁。

❖ 望舒草

百 合 子

百合子是怀乡病的可怜的患者,
因为她的家是在灿烂的樱花丛里的;
我们徒然有百尺的高楼和沉迷的香夜,
但温煦的阳光和朴素的木屋总常在她缅想中。

她度着寂寂的悠长的生涯,
她盈盈的眼睛茫然地望着远处;
人们说她冷漠的是错了,
因为她沉思的眼里是有着火焰。

她将使我为她而憔悴吗?
或许是的,但是谁能知道?
有时她向我微笑着,
而这忧郁的微笑使我也坠入怀乡病里。

她是冷漠的吗?不。
因为我们的眼睛是秘密地交谈着;
而她是醉一样地合上了她的眼睛的,
如果我轻轻地吻着她花一样的嘴唇。

八 重 子

八重子是永远地忧郁着的,
我怕她会郁瘦了她的青春。
是的,我为她的健康挂虑着,
尤其是为她的沉思的眸子。

发的香味是簪着辽远的恋情,
辽远到要使人流泪;
但是要使她欢喜,我只能微笑,
只能像幸福者一样地微笑。

因为我要使她忘记她的孤寂,
忘记萦系着她的渺茫的乡思,
我要使她忘记她在走着
无尽的,寂寞的凄凉的路。

而且在她的唇上,我要为她祝福,
为我的永远忧郁着的八重子,
我愿她永远有着意中人的脸,
春花的脸,和初恋的心。

梦 都 子

致霞村

她有太多的蜜饯的心——
在她的手上,在她的唇上;
然后跟着口红,跟着指爪,
印在老绅士的颊上,
刻在醉少年的肩上。

我们是她年轻的爸爸,诚然
但也害怕我们的女儿到怀里来撒娇,
因为在蜜饯的心以外,
她还有蜜饯的乳房,
而在撒娇之后,她还会放肆。

你的衬衣上已有了贯矢的心,
而我的指上又有了纸捻的约指,
如果我爱惜我的秀发,
那么你又该受那心愿的忤逆。

我的素描

辽远的国土的怀念者,
我,我是寂寞的生物。

假若把我自己描画出来,
那是一幅单纯的静物写生。

我是青春和衰老的集合体,
我有健康的身体和病的心。

在朋友间我有爽直的声名,
在恋爱上我是一个低能儿。

因为当一个少女开始爱我的时候,
我先就要栗然地惶恐。

我怕着温存的眼睛,
像怕初春青空的朝阳。

望舒草

我是高大的,我有光辉的眼;
我用爽朗的声音恣意谈笑。

但在悒郁的时候,我是沉默的,
悒郁着,用我二十四岁的整个的心。

单 恋 者

我觉得我是在单恋着,
但是我不知道是恋着谁:
是一个在迷茫的烟水中的国土吗,
是一枝在静默中零落的花吗,
是一位我记不起的陌路丽人吗?
我不知道。
我知道的是我的胸膨胀着,
而我的心悸动着,像在初恋中。

在烦倦的时候,
我常是暗黑的街头的踯躅者,
我走遍了嚣嚷的酒场,
我不想回去,好像在寻找什么。
飘来一丝媚眼或是塞满一耳腻语,
那是常有的事。
但是我会低声说:
"不是你!"然后踉跄地又走向他处。

望舒草

人们称我为"夜行人",
尽便吧,这在我是一样的;
真的,我是一个寂寞的夜行人,
而且又是一个可怜的单恋者。

老之将至

我怕自己将慢慢地慢慢地老去,
随着那迟迟寂寂的时间,
而那每一个迟迟寂寂的时间,
是将重重地载着无量的怅惜的。

而在我坚而冷的圈椅中,在日暮,
我将看见,在我昏花的眼前
飘过那些模糊的暗淡的影子:
一片娇柔的微笑,一只纤纤的手,
几双燃着火焰的眼睛,
或是几点耀着珠光的眼泪。

是的,我将记不清楚了:
在我耳边低声软语着
"在最适当的地方放你的嘴唇"的,
是那樱花一般的樱子吗?
那是茹丽苔①吗,飘着懒倦的眼

---

① 法文音译,妇女名。

望着她已卸了的锦缎的鞋子?……
这些,我将都记不清楚了,
因为我老了。

我说,我是担忧着怕老去,
怕这些记忆凋残了,
　一片一片地,像花一样,
只留着垂枯的枝条,孤独地。

秋天的梦

迢遥的牧女的羊铃,
摇落了轻的树叶。

秋天的梦是轻的,
那是窈窕的牧女之恋。

于是我的梦是静静地来了,
但却载着沉重的昔日。

唔,现在,我是有一些寒冷,
一些寒冷,和一些忧郁。

❖ 望舒草

前　夜

——夜的纪念，呈呐鸥兄①

在比志步尔启碇的前夜，
托密的衣袖变作了手帕，
她把眼泪和着唇脂拭在上面，
要为他壮行色，更加一点粉香。

明天会有太淡的烟和太淡的酒，
和磨不损的太坚固的时间，
而现在，她知道应该有怎样的忍耐：
托密已经醉了，而且疲倦得可怜。

这有橙花香味的南方的少年，
他不知道明天只能看见天和海——
或许在"家，甜蜜的家"②里他会康健些，
但是他的温柔的亲戚却要更瘦，更瘦。

---

① 即刘呐鸥。

② 英国著名的歌曲《心爱的家》。歌曲后半部，反复出现"家，甜蜜的家"的咏叹。

我的恋人

我将对你说我的恋人,
我的恋人是一个羞涩的人,
她是羞涩的,有着桃色的脸,
桃色的嘴唇,和一颗天青色的心。
她有黑色的大眼睛,
那不敢凝看我的黑色的大眼睛——
不是不敢,那是因为她是羞涩的;
而当我依在她胸头的时候,
你可以说她的眼睛是变换了颜色,
天青的颜色,她的心的颜色。
她有纤纤的手,
它会在我烦忧的时候安抚我,
她有清朗而爱娇的声音,
那是只向我说着温柔的,
温柔到销熔了我的心的话的。
她是一个静娴的少女,
她知道如何爱一个爱她的人,
但是我永远不能对你说她的名字,
因为她是一个羞涩的恋人。

村　　姑

村里的姑娘静静地走着，
提着她的蚀着青苔的水桶；
溅出来的冷水滴在她的跣足上，
而她的心是在泉边的柳树下。

这姑娘会静静地走到她的旧屋去，
那在一棵百年的冬青树荫下的旧屋，
而当她想到在泉边吻她的少年，
她会微笑着，抿起了她的嘴唇。

她将走到那古旧的木屋边，
她将在那里惊散了一群在啄食的瓦雀，
她将静静地走到厨房里，
又静静地把水桶放在干刍边。

她将帮助她的母亲造饭，
而从田间回来的父亲将坐在门槛上抽烟，
她将给猪圈里的猪喂食，
又将可爱的鸡赶进它们的窠里去。

在暮色中吃晚饭的时候，
她的父亲会谈着今年的收成，
他或许会说到他的女儿的婚嫁，
而她便将羞怯地低下头去。

她的母亲或许会说她的懒惰，
（她打水的迟延便是一个好例子，）
但是她会不听到这些话，
因为她在想着那有点鲁莽的少年。

野　　宴

对岸青叶荫下的野餐,
只有百里香和野菊作伴;
河水已洗涤了碍人的礼仪,
白云遂成为飘动的天幕。

那里有木叶一般绿的薄荷酒,
和你所爱的芬芳的腊味,
但是这里有更可口的芦笋
和更新鲜的乳酪。

我的爱软的草的小姐,
你是知味的美食家:
先尝这开胃的饮料,
然后再试那丰盛的名菜。

三　顶　礼

引起寂寂的旅愁的，
翻着软浪的暗暗的海，
我的恋人的发，
受我怀念的顶礼。

恋之色的夜合花，
佻佻的夜合花，
我的恋人的眼，
受我沉醉的顶礼。

给我苦痛的螫的，
苦痛的但是欢乐的螫的，
你小小的红翅的蜜蜂，
我的恋人的唇，
受我怨恨的顶礼。

二 月

春天已在野菊的头上逡巡着了,
春天已在斑鸠的羽上逡巡着了,
春天已在青溪的藻上逡巡着了,
绿荫的林遂成为恋的众香国。

于是原野将听倦了谎话的交换,
而不载重的无邪的小草
将醉着温软的皓体的甜香。

于是,在暮色冥冥里,
我将听了最后一个游女的惋叹,
拈着一枝蒲公英缓缓地归去。

小　病

从竹帘里漏进来的泥土的香，
在浅春的风里它几乎凝住了；
小病的人嘴里感到了莴苣的脆嫩，
于是遂有了家乡小园的神往。

小园里阳光是常在芸苔的花上吧，
细风是常在细腰蜂的翅上吧，
病人吃的莱菔的叶子许被虫蛀了，
而雨后的韭菜却许已有甜味的嫩芽了。

现在，我是害怕那使我脱发的饕餮了，
就是那滑腻的海鳗般美味的小食也得斋戒，
因为小病的身子在浅春的风里是软弱的，
况且我又神往于家园阳光下的莴苣。

款 步 （一）

这里是爱我们的苍翠的松树，
它曾经遮过你的羞涩和我的胆怯，
我们的这个同谋者是有一个好记性的，
现在，它还向我们说着旧话，但并不揶揄。

还有那多嘴的深草间的小溪，
我不知道它今天为什么缄默：
我不看见它，或许它已换一条路走了，
饶舌着，施施然绕着小村而去了。

这边是来做夏天的客人的闲花野草，
它们是穿着新装，像在婚筵里，
而且在微风里对我们作有礼貌的礼敬，
好像我们就是新婚夫妇。

我的小恋人，今天我不对你说草木的恋爱，
却让我们的眼睛静静地说我们自己的，
而且我要用我的舌头封住你的小嘴唇了，
如果你再说：我已闻到你的愿望的气味。

款 步（二）

答应我绕过这些木栅，
去坐在江边的游椅上。
啮着沙岸的永远的波浪，
总会从你投出着的素足
撼动你抿紧的嘴唇的。
而这里，鲜红并寂静得
与你的嘴唇一样的枫林间，
虽然残秋的风还未来到，
但我已经从你的缄默里，
觉出了它的寒冷。

❖ 望舒草

过　　时

说我是一个在怅惜着,
怅惜着好往日的少年吧,
我唱着我的崭新的小曲,
而你却揶揄:多么"过时"!

是呀,过时了,我的"单恋女"
都已经变作妇人或是母亲,
而我,我还可怜地年轻——
年轻?不吧,有点靠不住。

是呀,年轻是有点靠不住,
说我是有一点老了吧!
你只看我拿手杖的姿态,
它会告诉你一切,而我的眼睛亦然。

老实说,我是一个年轻的老人了:
对于秋草秋风是太年轻了,
而对于春月春花却又太老。

有　　赠①

谁曾为我束起许多花枝，
灿烂过又憔悴了的花枝，
谁曾为我穿起许多泪珠，
又倾落到梦里去的泪珠？

---

① 1936年，上海艺华影片公司拍摄《初恋》时，作曲家陈歌辛协助诗人，对这首诗作了很大的改动，然后谱曲，作为影片主题歌。以下为歌词：

　　我走遍漫漫的天涯路，
　　我望断遥远的云和树，
　　多少的往事堪重数，
　　你啊，你在何处？

　　我难忘你哀怨的眼睛，
　　我知道你的沉默的情意，
　　你牵引我到一个梦中，
　　我却在别人梦中忘记你！

　　哦，我的梦和遗忘的人！
　　哦，受我最祝福的人！
　　终日我灌溉着蔷薇，
　　却让幽兰枯萎！

望舒草

我认识你充满了怨恨的眼睛,
我知道你愿意缄在幽暗中的话语,
你引我到了一个梦中,
我却又在另一个梦中忘了你。

我的梦和我的遗忘中的人,
哦,受过我暗自祝福的人,
终日有意地灌溉着蔷薇,
我却无心地让寂寞的兰花愁谢。

游 子 谣

海上微风起来的时候,
暗水上开遍青色的蔷薇。
——游子的家园呢?

篱门是蜘蛛的家,
土墙是薜荔的家,
枝繁叶茂的果树是鸟雀的家。

游子却连乡愁也没有,
他沉浮在鲸鱼海蟒间:
让家园寂寞的花自开自落吧。

因为海上有青色的蔷薇,
游子要萦系他冷落的家园吗?
还有比蔷薇更清丽的旅伴呢。

清丽的小旅伴是更甜蜜的家园,
游子的乡愁在那里徘徊踯躅。
唔,永远沉浮在鲸鱼海蟒间吧。

秋　　蝇

木叶的红色，
木叶的黄色，
木叶的土灰色：
窗外的下午！

用一双无数的眼睛，
衰弱的苍蝇望得昏眩。
这样窒息的下午啊！
它无奈地搔着头搔着肚子。

木叶，木叶，木叶，
无边木叶萧萧下。

玻璃窗是寒冷的冰片了，
太阳只有苍茫的色泽。
巡回地散一次步吧！
它觉得它的脚软。

红色，黄色，土灰色，

昏眩的万花筒的图案啊!

迢遥的声音,古旧的,
大伽蓝的钟磬?天末的风?
苍蝇有点僵木,
这样沉重的翼翅啊!

飘下地,飘上天的木叶旋转着,
红色,黄色,土灰色的错杂的回轮。

无数的眼睛渐渐模糊,昏黑,
什么东西压到轻绡的翅上,
身子像木叶一般地轻,
载在巨鸟的翎翮上吗?

❖ 望舒草

夜 行 者

这里他来了:夜行者!
冷清清的街上有沉重的跫音,
从黑茫茫的雾,
到黑茫茫的雾。

夜的最熟稔的朋友,
他知道它的一切琐碎,
那么熟稔,在它的熏陶中,
他染了它一切最古怪的脾气。

夜行者是最古怪的人。
你看他走在黑夜里:
戴着黑色的毡帽,
迈着夜一样静的步子。

微　　辞

园子里蝶褪了粉蜂褪了黄，
则木叶下的安息是允许的吧，
然而好弄玩的女孩子是不肯休止的，
"你瞧我的眼睛，"她说，"它们恨你！"

女孩子有恨人的眼睛，我知道，
她还有不洁的指爪，
但是一点恬静和一点懒是需要的，
只瞧那新叶下静静的蜂蝶。

魔道者使用蔓陀罗根或是枸杞，
而人却像花一般地顺从时序，
夜来香娇妍地开了一个整夜，
朝来送入温室一时能重鲜吗？

园子都已恬静，
蜂蝶睡在新叶下，
迟迟的永昼中，
无厌的女孩子也该休止。

妾 薄 命

一枝,两枝,三枝,
床巾上的图案花
为什么不结果子啊!
过去了:春天,夏天,秋天。

明天梦已凝成了冰柱;
还会有温煦的太阳吗?
纵然有温煦的太阳,跟着檐溜,
去寻坠梦的玎玲吧!

少　年　行

是簪花的老人呢，
灰暗的篱笆披着茑萝；

旧曲在颤动的枝叶间死了，
新蜕的蝉用单调的生命赓续。

结客寻欢都成了后悔，
还要学少年的行踪吗？

平静的天，平静的阳光下，
烂熟的果子平静地落下来了。

❖ 望舒草

旅　　思

故乡芦花开的时候,
旅人的鞋跟染着征泥,
黏住了鞋跟,黏住了心的征泥,
几时经可爱的手拂拭?

栈石星饭的岁月,
骤山骤水的行程:
只有寂静中的促织声,
给旅人尝一点家乡的风味。

不　寐

在沉静的音波中，
每个爱娇的影子
在眩晕的脑里
作瞬间的散步；

只有短促的瞬间，
然后列成桃色的队伍，
月移花影地淡然消溶：
飞机上的阅兵式。

掌心抵着炎热的前额，
腕上有急促的温息；
是那一宵的觉醒啊？
这种透过皮肤的温息。

让沉静的最高的音波，
来震破脆弱的耳膜吧。
窒息的白色帐子，墙……
什么地方去喘一口气呢？

❖ 望舒草

深闭的园子

五月的园子,
已花繁叶满了,
浓荫里却静无鸟喧。

小径已铺满苔藓,
而篱门的锁也锈了——
主人却在迢遥的太阳下。

在迢遥的太阳下,
也有璀璨的园林吗?

陌生人在篱边探首,
空想着天外的主人。

灯

士为知己者用,
故承恩的灯
遂做了恋的同谋人:
作憧憬之雾的
青色的灯,
作色情之屏的
桃色的灯。

因为我们知道爱灯,
如仁者乐山,智者乐水,
为供它的法眼的鉴赏
我们展开秘藏的风俗画:
灯却不笑人的风魔。

在灯的友爱的光里,
人走进了美容院;
千手千眼的技师,
替人匀着最宜雅的脂粉,
于是我们便目不暇给。

太阳只发着学究的教训,
而灯光却作着亲切的密语,
至于交头接耳的暗黑,
就是饕餮者的施主了。

寻 梦 者

梦会开出花来的,
梦会开出娇妍的花来的:
去求无价的珍宝吧。

在青色的大海里,
在青色的大海的底里,
深藏着金色的贝一枚。

你去攀九年的冰山吧,
你去航九年的旱海吧,
然后你逢到那金色的贝。

它有天上的云雨声,
它有海上的风涛声。
它会使你的心沉醉。

把它在海水里养九年,
把它在天水里养九年,
然后,它在一个暗夜里开绽了。

当你鬓发斑斑了的时候,
当你眼睛朦胧了的时候,
金色的贝吐出桃色的珠。

把桃色的珠放在你怀里,
把桃色的珠放在你枕边,
于是一个梦静静地升上来了。

你的梦开出花来了,
你的梦开出娇妍的花来了,
在你已衰老了的时候。

乐　园　鸟

飞着，飞着，春，夏，秋，冬，
昼，夜，没有休止，
华羽的乐园鸟，
这是幸福的云游呢，
还是永恒的苦役？

渴的时候也饮露，
饥的时候也饮露，
华羽的乐园鸟，
这是神仙的佳肴呢，
还是为了对于天的乡思？

是从乐园里来的呢，
还是到乐园里去的？
华羽的乐园鸟，
在茫茫的青空中，
也觉得你的路途寂寞吗？

假使你是从乐园里来的，

可以对我们说吗,
华羽的乐园鸟,
自从亚当、夏娃被逐后,
那天上的花园已荒芜到怎样了?

望舒诗稿

　　《望舒诗稿》共收诗63首,除收入《我的记忆》和《望舒草》外,另新辑入《古神祠前》《见勿忘我花》《微笑》《霜花》4首。此处,只收录新辑入这4首诗作。

古神祠前

古神祠前逝去的
暗暗的水上,
印着我多少的
思量的轻轻的脚迹,
比长脚的水蜘蛛,
更轻更快的脚迹。

从苍翠的槐树叶上,
它轻轻地跃到
饱和了古愁的钟声的水上,
它掠过涟漪,踏过荇藻,
跨着小小的,小小的
轻快的步子走。
然后,跨踏着,
生出了翼翅……

它飞上去了,
这小小的蜉蝣,
不,是蝴蝶,它翩翩飞舞,

在芦苇间,在红蓼花上;
它高升上去了,
化作一只云雀,
把清音撒到地上……
现在它是鹏鸟了。
在浮动的白云间,
在苍茫的青天上,
它展开翼翅慢慢地,
作九万里的翱翔,
前生和来世的逍遥游。

它盘旋着,孤独地,
在迢遥的云山上,
在人间世的边际,
长久地,固执到可怜。

终于,绝望地,
它疾飞回到我心头,
在那儿忧愁地蛰伏。

见勿忘我花

为你开的
为我开的勿忘我花,
为了你的怀念,
为了我的怀念,
它在陌生的太阳下,
陌生的树林间,
谦卑地,悒郁地开着。

在僻静的一隅,
它为你向我说话,
它为我向你说话;
它重数我们用凝望
远方潮润的眼睛,
在沉默中所说的话,
而它的语言又是
像我们的眼一样沉默。
开着吧,永远开着吧,
挂虑我们的小小的青色的花。

微　　笑

轻岚从远山飘开,
水蜘蛛在静水上徘徊;
说吧:无限意,无限意。

有人微笑,
一颗心开出花来;
有人微笑,
许多脸儿忧郁起来。

做定情之花带的点缀吧,
做迢遥之旅愁的凭借吧。

霜　花

九月的霜花，
十月的霜花，
雾的娇女，
开到我鬓边来。

装点着秋叶，
你装点了单调的死。
雾的娇女，
来替我簪你素艳的花。

你还有珍珠的眼泪吗？
太阳已不复重燃死灰了。
我静观我鬓丝的零落，
于是我迎来你所装点的秋。

灾难的岁月

《灾难的岁月》，1948年2月由上海星群出版社出版，共收录戴望舒1934～1945年间诗作25首。这是作者生前自编的最后一本诗集。

古意答客问

孤心逐浮云之炫烨的卷舒,
惯看青空的眼喜侵阈的青芜。
你问我的欢乐何在?
——窗头明月枕边书。

侵晨看岚踯躅于山巅,
入夜听风琐语于花间。
你问我的灵魂安息于何处?
——看那袅绕地、袅绕地升上去的炊烟。

渴饮露,饥餐英;
鹿守我的梦,鸟祝我的醒。
你问我可有人间世的挂虑?
——听那消沉下去的百代之过客的蹬音。

1934 年 12 月 5 日

灯

灯守着我,劬劳地,
凝看我眸子中
有穿着古旧的节日衣衫的
欢乐儿童、忧伤稚子,
像木马栏似地
转着,转着,永恒地……

而火焰的春阳下的树木般的
小小的爆烈声,
摇着我,摇着我,
柔和地。

美丽的节日萎谢了,
木马栏独自转着转着……
灯徒然怀着母亲的劬劳,
孩子们的彩衣已褪了颜色。

已矣哉!
采撷黑色大眼睛的凝视

去织最绮丽的梦网!
手指所触的地方:
火凝作冰焰,
花幻为枯枝。
灯守着我。让它守着我!

曦阳普照,蜥蜴不复浴其光,
帝王长卧,鱼烛永恒地高烧
在他森森的陵寝。

这里,一滴一滴地,
寂静坠落,坠落,坠落。

      1934年12月21日

秋　夜　思

谁家动刀尺？
心也需要秋衣。

听鲛人的召唤，
听木叶的呼息！
风从每一条脉络进来，
窃听心的枯裂之音。

诗人云：心即是琴。
谁听过那古旧的阳春白雪？
为真知的死者的慰藉，
有人已将它悬在树梢，
为天籁之凭托 ——
但曾一度谛听的飘逝之音。

而断裂的吴丝蜀桐，
仅使人从弦柱间思忆华年。

1935 年 7 月 6 日

小　曲

啼倦的鸟藏喙在彩翎间，
音的小灵魂向何处翩跹？
老去的花一瓣瓣委尘土，
香的小灵魂在何处流连？

它们不能在地狱里，不能，
这那么好，那么好的灵魂！
那么是在天堂，在乐园里？
摇摇头，圣彼得可也否认。

没有人知道在哪里，没有，
诗人却微笑而三缄其口：
有什么东西在调和氤氲，
在他的心的永恒的宇宙。

1936 年 5 月 14 日

◆ 灾难的岁月

赠 克 木[①]

我不懂别人为什么给那些星辰
取一些它们不需要的名称,
它们闲游在太空,无牵无挂,
不了解我们,也不求闻达。

记着天狼,海王,大熊……这一大堆,
还有它们的成分,它们的方位,
你绞干了脑汁,胀破了头,
弄了一辈子,还是个未知的宇宙。

星来星去,宇宙运行,
春秋代序,人死人生,
太阳无量数,太空无限大,
我们只是倏忽渺小的夏虫井蛙。

---

① 即金克木。1936年金克木在杭州西湖孤山翻译《通俗天文学》,戴望舒曾从上海去看他,回沪后寄赠此诗。

不痴不聋,不作阿家翁,
为人之大道全在懵懂,
最好不求甚解,单是望望,
看天,看星,看月,看太阳。
也看山,看水,看云,看风,
看春夏秋冬之不同,
还看人世的痴愚,人世的侄偬:
静默地看着,乐在其中。

乐在其中,乐在空与时以外,
我和欢乐都超越过一切的境界,
自己成一个宇宙,有它的日月星,
来供你钻研,让你皓首穷经。

或是我将变一颗奇异的彗星,
在太空中欲止即止,欲行即行,
让人算不出轨迹,瞧不透道理,
然后把太阳敲成碎火,把地球撞成泥。

1936 年 5 月 18 日

❖ 灾难的岁月

眼

在你的眼睛的微光下,
迢遥的潮汐升涨:
玉的珠贝,
青铜的海藻……
千万尾飞鱼的翅,
剪碎分而复合的,
顽强的渊深的水。

无渚涯的水,
暗青色的水!
在什么经纬度上的海中,
我投身又沉溺在
以太阳之灵照射的诸太阳间,
以月亮之灵映光的诸月亮间,
以星辰之灵闪烁的诸星辰间?
于是我是彗星,
有我的手,
有我的眼,
并尤其有我的心。

我晞曝于你的眼睛的
苍茫朦胧的微光中,
并在你上面,
在你的太空的镜子中
鉴照我自己的
透明而畏寒的
火的影子,
死去或冰冻的火的影子。

我伸长,我转着,
我永恒地转着,
在你的永恒的周围
并在你之中……

我是从天上奔流到海,
从海奔流到天上的江河,
我是你每一条动脉,
每一条静脉,
每一个微血管中的血液,
我是你的睫毛
(它们也同样在你的
眼睛的镜子里顾影),
是的,你的睫毛,你的睫毛,

而我是你,
因而我是我。

1936年10月19日

夜　蛾

绕着蜡烛的圆光,
夜蛾作可怜的循环舞,
这些众香国的谪仙不想起
已死的虫,未死的叶。

说这是小睡中的亲人,
飞越关山,飞越云树,
来慰藉我们的不幸,
或者是怀念我们的死者,
被记忆所逼,离开了寂寂的夜台来。

我却明白它们就是我自己,
因为它们用彩色的大绒翅
遮覆住我的影子,
让它留在幽暗里。
这只是为了一念,不是梦,
就像那一天我化成凤。

1936 年 12 月 26 日

寂 寞

园中野草渐离离,
托根于我旧时的脚印,
给他们披青春的彩衣:
星下的盘桓从兹消隐。

日子过去,寂寞永存,
寄魂于离离的野草,
像那些可怜的灵魂,
长得如我一般高。

我今不复到园中去,
寂寞已如我一般高:
我夜坐听风,昼眠听雨,
悟得月如何缺,天如何老。

1937 年 2 月 12 日

我 思 想

我思想,故我是蝴蝶……
万年后小花的轻呼
透过无梦无醒的云雾,
来震撼我斑斓的彩翼。

1937 年 3 月 14 日

◆ 灾难的岁月

元日祝福

新的年岁带给我们新的希望。
祝福！我们的土地,
血染的土地,焦裂的土地,
更坚强的生命将从而滋长。

新的年岁带给我们新的力量。
祝福！我们的人民,
坚苦的人民,英勇的人民,
苦难会带来自由解放。

1939年元旦日

白　蝴　蝶

给什么智慧给我,
小小的白蝴蝶,
翻开了空白之页,
合上了空白之页?

翻开的书页:
寂寞;
合上的书页:
寂寞。

1940年5月3日

❖ 灾难的岁月

致 萤 火

萤火,萤火,
你来照我。

照我,照这沾露的草,
照这泥土,照到你老。

我躺在这里,让一颗芽
穿过我的躯体,我的心,
长成树,开花;

让一片青色的藓苔,
那么轻,那么轻
把我全身遮盖。

像一双小手纤纤,
当往日我在昼眠,
把一条薄被
在我身上轻披。

我躺在这里
咀嚼着太阳的香味；
在什么别的天地，
云雀在青空中高飞。

萤火，萤火，
给一缕细细的光线——
够担得起记忆，
够把沉哀来吞咽！

     1941年6月26日

狱中题壁

如果我死在这里,
朋友啊,不要悲伤,
我会永远地生存
在你们的心上。

我们之中的一个死了,
在日本占领地的牢里,
他怀着的深深仇恨,
你们应该永远地记忆。

当你们回来,从泥土
掘起他伤损的肢体,
用你们胜利的欢呼
把他的灵魂高高扬起,

然后把他的白骨放在山峰,
曝着太阳,沐着飘风:

在那暗黑潮湿的土牢，
这曾是他唯一的美梦。

    1942年4月27日

❖ 灾难的岁月

我用残损的手掌

我用残损的手掌
摸索这广大的土地:
这一角已变成灰烬,
那一角只是血和泥;
这一片湖该是我的家乡,
(春天,堤上繁花如锦幛,
嫩柳枝折断有奇异的芬芳,)
我触到荇藻和水的微凉;
这长白山的雪峰冷到彻骨,
这黄河的水夹泥沙在指间滑出;
江南的水田,你当年新生的禾草
是那么细,那么软……现在只有蓬蒿;
岭南的荔枝花寂寞地憔悴,
尽那边,我蘸着南海没有渔船的苦水……
无形的手掌掠过无限的江山,
手指沾了血和灰,手掌粘了阴暗,
只有那辽远的一角依然完整,
温暖,明朗,坚固而蓬勃生春。
在那上面,我用残损的手掌轻抚,

像恋人的柔发，婴孩手中乳。
我把全部的力量运在手掌
贴在上面，寄与爱和一切希望，
因为只有那里是太阳，是春，
将驱逐阴暗，带来苏生，
因为只有那里我们不像牲口一样活，
蝼蚁一样死……那里，永恒的中国！

       1942年7月3日

心　　愿

几时可以开颜笑笑,
把肚子吃一个饱,
到树林子去散一会儿步,
然后回来安逸地睡一觉?
只有把敌人打倒。

几时可以再看见朋友们,
跟他们游山,玩水,谈心,
喝杯咖啡,抽一支烟,
念念诗,坐上大半天?
只有送敌人入殓。

几时可以一家团聚,
拍拍妻子,抱抱儿女,
烧个好菜,看本电影,
回来围炉谈笑到更深?
只有将敌人杀尽。

只有起来打击敌人,

自由和幸福才会临降，
否则这些全是白日梦
和没有现实的游想。

     1943 年 1 月 28 日

等 待 （一）

我等待了两年，
你们还是这样遥远啊！
我等待了两年，
我的眼睛已经望倦啊！

说六个月可以回来啦，
我却等待了两年啊，
我已经这样衰败啦，
谁知道还能够活几天啊。

我守望着你们的脚步，
在熟稔的贫困和死亡间，
当你们再来，带着幸福，
会在泥土中看见我张大的眼。

1943 年 12 月 31 日

等　待　（二）

你们走了，留下我在这里等，
看血污的铺石上徘徊着鬼影，
饥饿的眼睛凝望着铁栅，
勇敢的胸膛迎着白刃，
耻辱粘住每一颗赤心，
在那里，炽烈地燃烧着悲愤。

把我遗忘在这里，让我见见
屈辱的极度，沉痛的界限，
做个证人，做你们的耳、你们的眼，
尤其做你们的心，受苦难，磨炼，
仿佛是大地的一块，让铁蹄蹂践，
仿佛是你们的一滴血，遗在你们后面。

没有眼泪没有语言的等待：
生和死那么紧地相贴相挨，
而在两者间，颀长的岁月在那里挤，
结伴儿走路，好像难兄难弟。

❖ 灾难的岁月

冢地只两步远近,我知道
安然占六尺黄土,盖六尺青草;
可是这儿也没有什么大不同,
在这阴湿,窒息的窄笼:
做白虱的巢穴,做泔脚缸,
让脚气慢慢延伸到小腹上,
做柔道的呆对手,剑术的靶子,
从口鼻一齐喝水,然后给踩肚子,
膝头压在尖钉上,砖头垫在脚踵上,
听鞭子在皮骨上舞,做飞机在梁上荡……

多少人从此就没有回来,
然而活着的却耐心地等待。

让我在这里等待,
耐心地等待你们回来:
做你们的耳目,我曾经生活,
做你们的心,我永远不屈服。

1944 年 1 月 18 日

过旧居(初稿)

静掩的窗子隔住尘封的幸福,
寂寞的温暖饱和着辽远的炊烟——
陌生的声音还是解冻的呼唤?……
挹泪的过客在往昔生活了一瞬间。

1944年3月2日

过 旧 居

这样迟迟的日影,
这样温暖的寂静,
这片午炊的香味,
对我是多么熟稔。

这带露台,这扇窗,
后面有幸福的窥望,
还有几架书,两张床,
一瓶花……这已是天堂。

我没有忘记:这是家,
妻如玉,女儿如花,
清晨的呼唤和灯下的闲话,
想一想,会叫人发傻;

单听他们亲昵地叫,
就够人整天地骄傲,
出门时挺起胸,伸直腰,

工作时也抬头微笑。

现在……可不是我回家午餐？……
桌上一定摆上了盘和碗，
亲手调的羹，亲手煮的饭，
想起了就会嘴馋。

这条路我曾经走了多少回！
多少回？……过去都压缩成一堆，
叫人不能分辨，日子是那么相类，
同样幸福的日子，这些孪生姊妹！

我可糊涂啦，是不是今天
出门时我忘记说"再见"？
还是这事情发生在许多年前，
其中间隔着许多变迁？

可是这带露台，这扇窗，
那里却这样静，没有声响，
没有可爱的影子，娇小的叫嚷，
只是寂寞，寂寞，伴着阳光。

而我的脚步为什么又这样累？
是否我肩上压着苦难的年岁，

❖ 灾难的岁月

压着沉哀,透渗到骨髓,
使我眼睛朦胧,心头消失了光辉?

为什么辛酸的感觉这样新鲜?
好像伤没有收口,苦味在舌间。
是一个归途的游想把我欺骗,
还是灾难的日月真横亘其间?

我不明白,是否一切都没改动,
却是我自己做了白日梦,
而一切都在那里,原封不动:
欢笑没有冰凝,幸福没有尘封?

或是那些真实的岁月,年代,
走得太快一点,赶上了现在,
回过头来瞧瞧,匆忙又退回来,
再陪我走几步,给我瞬间的欢快?

有人开了窗,
有人开了门,
走到露台上——
一个陌生人。

生活,生活,漫漫无尽的苦路!
咽泪吞声,听自己疲倦的脚步:

遮断了魂梦的不仅是海和天，云和树，
无名的过客在往昔作了瞬间的踌躇。

1944 年 3 月 10 日

示 长 女

记得那些幸福的日子!
女儿,记在你幼小的心灵:
你童年点缀着海鸟的彩翎,
贝壳的珠色,潮汐的清音,
山岚的苍翠,繁花的绣锦,
和爱你的父母的温存。

我们曾有一个安乐的家,
环绕着淙淙的泉水声,
冬天曝着太阳,夏天笼着清荫,
白天有朋友,晚上有恬静,
岁月在窗外流,不来打搅
屋里终年长驻的欢欣,
如果人家窥见我们在灯下谈笑,
就会觉得单为了这也值得过一生。

我们曾有一个临海的园子,
它给我们滋养的番茄和金笋,
你爸爸读倦了书去垦地,

你妈妈在太阳阴里缝纫,
你呢,你在草地上追彩蝶,
然后在温柔的怀里寻温柔的梦境。

人人说我们最快活,
也许因为我们生活过得蠢,
也许因为你妈妈温柔又美丽,
也许因为你爸爸诗句最清新。

可是,女儿,这幸福是短暂的,
一霎时都被云锁烟埋;
你记得我们的小园临大海,
从那里你们一去就不再回来,
从此我对着那迢遥的天涯,
松树下常常徘徊到暮霭。

那些绚烂的日子,像彩蝶,
现在枉费你摸索追寻,
我仿佛看见你从这间房
到那间,用小手挥逐阴影,
然后,缅想着天外的父亲,
把疲倦的头搁在小小的绣枕。

可是,记着那些幸福的日子,
女儿,记在你幼小的心灵:

你爸爸仍旧会来,像往日,
守护你的梦,守护你的醒。

1944 年 6 月 27 日

在天晴了的时候

在天晴了的时候,
该到小径中去走走:
给雨润过的泥路,
一定是凉爽又温柔;
炫耀着新绿的小草,
已一下子洗静了尘垢;
不再胆怯的小白菊,
慢慢地抬起它们的头,
试试寒,试试暖,
然后一瓣瓣地绽透;
抖去水珠的凤蝶儿
在木叶间自在闲游,
把它的饰彩的智慧书页
曝着阳光一开一收。

到小径中去走走吧,
在天晴了的时候:

赤着脚,携着手,
踏过新泥,涉过溪流。

新阳推开了阴霾了,
溪水在温风中晕皱,
看山间移动的暗绿——
云的脚迹——它也在闲游。

1944 年 6 月 2 日

赠　　内

空白的诗帖，
幸福的年岁；
因为我苦涩的诗节，
只为灾难树里程碑。

即使清丽的词华
也会消失它的光鲜，
恰如你鬓边憔悴的花
映着明媚的朱颜。

不如寂寂地过一世，
受着你光彩的熏沐，
一旦为后人说起时，
但叫人说往昔某人最幸福。

1944 年 6 月 9 日

◆ 灾难的岁月

萧红墓畔口占

走六小时寂寞的长途,
到你头边放一束红山茶,
我等待着,长夜漫漫,
你却卧听着海涛闲话。

1944 年 11 月 20 日

口　号

盟军的轰炸机来了，
看他们勇敢地飞翔，
向他们表示沉默的欢快，
但却永远不要惊慌。
看敌人四处钻，发抖：
盟军的轰炸机来了，
也许我们会碎骨粉身，
但总比死在敌人手上好。
我们需要冷静，坚忍，
离开兵营，工厂，船坞：
盟军的轰炸机来了，
叫敌人踏上死路。
苦难的岁月不会再迟延，
解放的好日子就快到，
你看带着这消息的
盟军的轰炸机来了。

　　1945年1月16日香港大轰炸中

偶　成

如果生命的春天重到，
古旧的凝冰都哗哗地解冻，
那时我会再看见灿烂的微笑，
再听见明朗的呼唤——这些迢遥的梦。

这些好东西都决不会消失，
因为一切好东西都永远存在，
它们只是像冰一样凝结，
而有一天会像花一样重开。

1945 年 5 月 31 日

集外诗

流　　水

在寂寞的黄昏里，
我听见流水嘹亮的言语：

"穿过暗黑的，暗黑的林，
流到那边去！
到升出赤色的太阳的海去！

"你，被践踏的草和被弃的花，
一同去，跟着我们的流一同去。

"冲过横在路头的顽强的石，
溅起来，溅起浪花来，
从它上面冲过去！

"泻过草地，泻过绿色的草地，
没有踌躇或是休止，
把握住你的意志。

"我们是各处的水流的集体，

❖ 集外诗

从山间,从乡村,
从城市的沟渠……
我们是力的力。

"决了堤防,破了闸!
阻拦我们吗?
你会看见你的毁灭。……"

在一个寂寂的黄昏里,
我看见一切的流水,
在同一个方向中,
奔流到太阳的家乡去。

(原载 1930 年 3 月 15 日《新文艺》第 2 卷第 1 号)

我们的小母亲

机械将完全地改变了,在未来的日子——
不是那可怖的汗和血的榨床,
不是驱向贫和死的恶魔的大车。
它将成为可爱的,温柔的,
而且仁慈的,我们的小母亲,
一个爱着自己的多数的孩子的,
用有力的,热爱的手臂,
紧抱着我们,抚爱着我们的
我们这一类人的小母亲。

是啊,我们将没有了恐慌,没有了憎恨,
我们将热烈地爱它,用我们多数的心。
我们不会觉得它是一个静默的铁的神秘,
在我们,它是有一颗充着慈爱的血的心的,
一个人间的孩子们的母亲。

于是,我们将劳动着,相爱着,
在我们的小母亲的怀里,
在我们的小母亲的怀里,

我们将互相了解,
更深切地互相了解……
而我们将骄傲地自庆着,
是啊,骄傲地,有一个
完全为我们的幸福操作着
慈爱地抚育着我们的小母亲,
我们的有力的铁的小母亲!

(原载 1930 年 3 月 15 日《新文艺》第 2 卷第 1 号)

昨　　晚

我知道昨晚在我们出门的时候，
我们的房里一定有一次热闹的宴会，
那些常被我的宾客们当作没有灵魂的东西，
不用说，都是这宴会的佳客：
这事情我也能容易地觉出，
否则这房里决不会零乱，
不会这样氤氲着烟酒的气味。
它们现在是已经安分守己了，
但是扶着残醉的洋娃娃却眨着眼睛，
我知道她还会撒痴撒娇：
她的头发是那样地蓬乱，而舞衣又那样地皱，
一定的，昨晚她已被亲过了嘴。
那年老的时钟显然已喝得太多了，
他还渴睡着，而把他的职司忘记；
拖鞋已换了方向，易了地位，
他不安静地躺在床前，而横出榻下。
粉盒和香水瓶自然是最漂亮的娇客，
因为她们是从巴黎来的，
而且准跳过那时行的"黑底舞"；

还有那个龙钟的瓷佛,他的年岁比我们还大,
他听过我祖母的声音,又受过我父亲的爱抚,
他是慈爱的长者,他必然居过首席。
(他有着一颗什么心会和那些后生小子和谐?)
比较安静的恐怕只有那桌上的烟灰盂,
他是昨天刚在大路上来的,他是生客。

还有许许多多的有伟大的灵魂的小东西,
它们现在都已敛迹,而且又装得那样规矩,
它们现在是那样安静,但或许昨晚最会胡闹。
对于这些事物的放肆我倒并不嗔怪,
我不会发脾气,因为像我们一样,
它们在有一些的时候也应得狂欢痛快。
但是我不懂得它们为什么会胆小害怕我们,
我们不是严厉的主人,我们愿意它们同来!
这些我们已有过了许多证明,
如果去问我的荷兰烟斗,它便会讲给你听。

(原载1931年10月20日《北斗》第1卷第2期)

无 题[1]

我和世界之间是墙，

墙和我之间是灯，

灯和我之间是书，

书和我之间是——隔膜！

---

[1] 此诗作于1947年春，是作者在一次聚会上的即兴之作。原诗无题，题目为编者所加。

附 录

诗论零札(一)

一

诗不能借重音乐,它应该去了音乐的成分。

二

诗不能借重绘画的长处。

三

单是美的字眼的组合不是诗的特点。

四

象征派的人们说："大自然是被淫过一千次的娼妇。"但是新的娼妇安知不会被淫过一万次。被淫的次数是没有关系的，我们要有新的淫具，新的淫法。

五

诗的韵律不在字的抑扬顿挫上，而在诗的情绪的抑扬顿挫上，即在诗情的程度上。

六

新诗最重要的是诗情上的 nuance① 而不是字句上的 nuance。

七

韵和整齐的字句会妨碍诗情，或使诗情成为畸形的。倘把诗的情绪去适应呆滞的，表面的旧规律，就和把自己的足去穿别人的鞋子一样。愚劣的人们削足适履，比较聪明一点的人选择较合脚的鞋子，

---

① 法文，意为变异。

但是智者却为自己制最合自己的脚的鞋子。

八

诗不是某一个官感的享乐,而是全官感或超官感的东西。

九

新的诗应该有新的情绪和表现这种情绪的形式。所谓形式,决非表面上的字的排列,也决非新的字眼的堆积。

十

不必一定拿新的事物来做题材(我不反对拿新的事物来做题材),旧的事物中也能找到新的诗情。

十一

旧的古典的应用是无可反对的,在它给予我们一个新情绪的时候。

十二

不应该有只是炫奇的装饰癖,那是不永存的。

十三

诗应该有自己的 originalité①,但你须使它有 cosmopolité② 性,两者不能缺一。

十四

诗是由真实经过想象而出来的,不单是真实,亦不单是想象。

十五

诗应当将自己的情绪表现出来,而使人感到一种东西,诗本身就像是一个生物,不是无生物。

---

① 法文,意为特征。
② 法文,意为普遍。

十六

情绪不是用摄影机摄出来的,它应当用巧妙的笔触描出来。这种笔触又须是活的,千变万化的。

十七

只在用某一种文字写来,某一国人读了感到好的诗,实际上不是诗,那最多是文字的魔术。真的诗的好处并不就是文字的长处。

❖ 附录

诗论零札（二）

竹头木屑、牛溲马勃，运用得法，可成为诗，否则仍是一堆弃之不足惜的废物。罗绮锦绣、贝玉金珠，运用得法，亦可成为诗，否则还是一些徒炫眼目的不成器的杂碎。

诗的存在在于它的组织。在这里，竹头木屑、牛溲马勃和罗绮锦绣、贝玉金珠，其价值是同等的。

批评别人的诗说"如七宝楼台，炫人眼目，拆碎下来，不成片段"，是一种不成理之论。问题不是在于拆碎下来成不成片段，却是在搭起来是不是一座七宝楼台。

西子捧心，人皆曰美；东施效颦，见者掩面。西子之所以美，东施之所以丑，并不是捧心或眉颦，而是他们本质上的美丑。本质上美的，荆钗布裙不能掩；本质上丑的，珠衫翠袖不能饰。

诗也是如此，它的佳劣不在形式而在内容。有"诗"的诗，虽以佶屈聱牙的文字写来也是诗；没有"诗"的诗，虽韵律齐整音节铿锵，仍然不是诗。只有乡愚才会把穿了彩衣的丑妇当作美人。

说"诗不能翻译"是一个通常的错误。只有坏诗一经翻译才失去一切，因为实际它并没有"诗"包含在内，而只是字眼和声音的炫弄，只是渣滓。真正的诗在任何语言的翻译中都永远保持着它的价值，而这价值，不但是地域，就是时间也不能损坏的。

翻译可以说是诗的试金石，诗的滤箩。

不用说，我是指并不歪曲原作的翻译。

韵律齐整论者说：有了好的内容而加上"完整"的形式，诗始达于完美之境。

此说听上去好像有点道理，仔细想想，就觉得大谬。诗情是千变万化的，不是仅仅几套形式的和韵律的制服所能衣蔽。以为思想应该穿衣裳已经是专断之论了（梵乐希：《文学》），何况主张不论肥瘦高矮，都应该一律穿上一定尺寸的制服？

所谓"完整"并不应该就是"与其他相同"。每一首诗应该有它自己固有的"完整"，即不能移植的它自己固有的形式，固有的韵律。

米尔顿说，韵是野蛮人的创造；但是，一般意义的"韵律"，也不是半开化人的产物而已。仅仅非难韵，实乃五十步笑百步之见。

诗的韵律不应只有浮浅存在。它不应存在于文字的音韵抑扬这表面，而应存在于诗情的抑扬顿挫这内里。

在这一方面，昂德莱·纪德提出过这更正确的意见："语辞的韵律不应是表面的，矫饰的，只在于铿锵的语言的继承；它应该随着那由一种微妙的起承转合所按拍着的，思想的曲线而波动着。"

定理：

音乐：以音和时间来表现的情绪的和谐。

绘画：以线条和色彩来表现的情绪的和谐。

舞蹈：以动作来表现的情绪的和谐。

诗：以文字来表现的情绪的和谐。

对于我，音乐、绘画、舞蹈，等等，都是同义字，因为它们所要表现的是同一样的东西。

把不是"诗"的成分从诗里放逐出去。所谓不是"诗"的成分，我的意思是说，在组织起来时对于诗并非必需的东西。例如通常认为美丽的词藻、铿锵的音韵，等等。

并不是反对这些词藻、音韵本身。只当它们对于"诗"并非必需或妨碍"诗"的时候，才应该驱除它们。

（原载《华侨日报·文艺周刊》第 2 期，1944 年 2 月 6 日）

附录

谈林庚的诗见和"四行诗"①

关于"四行诗",林庚先生已写过许多篇文章了,如他在《关于北平情歌》一文中所举出的什么是自由诗、《关于四行诗》、《无题之秋》序、《诗的韵律》、《诗与自由诗》,等等,以及这最近的《关于北平情歌》。一位对于自己的诗有这样许多话说的诗人是幸福的,因为如果他没有说教者的勇气(但我们已看见一两位小信徒了),他至少是有狂信者的精神的。不幸这些文章我都没有机缘看到,而在总括这几篇文章之要义的《关于北平情歌》中,我又不能得到一个林先生的主张之正确的体系。

第一,林先生以为自由诗和韵律诗的分别,只是"姿态"上的不同(提到他的"四行诗"的时候,他又说是"风格"的不同,而"姿态和风格"这两个不大切合的辞语,也就有着"不同"之处了),而说前者是"紧张惊警",后者是"从容自然"。关于这一点,我们不知道林先生的论据之点是什么,是从诗人写作时的态度说呢,还是从诗本身所表现的东西说?如果就诗人写作时的态度说呢,则韵律诗也有急就之章,自由诗也有经过了长久的推敲才写出来的。如果就诗本身所表现的东西来说呢,则我们所碰的例子,又往往和林先

---

① 林庚对本文的答辩:《质与文,答戴望舒先生》,见1937年《新诗》第2卷第4期。

生所说的相反。如我的大部分的诗作,可以加之以"紧张惊警"这四个绝不相称的形容词吗?郭沫若、王独清的大部分的诗,甚至那些口号式的"革命诗"(这些都不是"四行诗"。然而都是音调铿锵的韵律诗),我们能说它们是"从容自然"的吗?

我的意思是,自由诗和韵律诗(如果我们一定要把它们分开的话)之分别,在于自由诗是不乞援于一般意义的音乐的纯诗(昂德莱·纪德有一句话,很可以阐明我的意思,虽则他其他的诗的见解我不能同意;他说,"……句子的韵律,绝对不是在于只由铿锵的字眼之连续所形成的外表和浮面,但它却是依着那被一种微妙的交互关系所合着调子的思想之曲线而起着波纹的")。而韵律诗则是一般意义的音乐成分和诗的成分并重的混合体(有些人竟把前一个成分看得更重)。至于自由诗和韵律诗这两者之孰是孰非,以及我们应该何舍何从,这是一个更复杂而只有历史能够解决的问题。关于这方面,我现在不愿多说一句话。

其次是关于林庚先生的"四行诗"是否是现代的诗这个问题。在这一方面,我和钱献之先生和另一些人同意,都得到一个否定的结论。从林庚先生的"四行诗"中所放射出来的,是一种古诗的氛围气,而这种古诗的氛围气,又绝对没有被"人力车""马路"等现在的骚音所破坏了。约半世纪以前挦扯新名词以自表异的诗人们夏曾佑、谭嗣同、黄公度等辈,仍然是旧诗人;林庚先生是比他们更进一步,他并不只挦扯一些现代的字眼,却挦扯一些古已有之的境界,衣之以有韵律的现代语。所以,从表面上看来,林庚先生的四行诗是崭新的新诗,但到它的深处去探测,我们就可以看出它的古旧的基础了。现代的诗歌之所以与旧诗词不同者,是在于它们的形式,更在于它们的内容。结构、字汇、表现方式、语法等等是属于前者的;

题材、情感、思想等等是属于后者的。这两者和时代之完全的调和之下的诗才是新诗。而林庚的"四行诗"却并不如此，他只是拿白话写着古诗而已。林庚先生在他的《关于北平情歌》中自己也说："至于何以我们今日不即写七言五言，则纯是白话的关系，因为白话不适合于七言五言。"从这话看来，林庚先生原也不过想用白话去发表一点古意而已。

这里，我应该补说：古诗和新诗也有着共同之一点的。那就是永远不会变价值的"诗之精髓"。那维护着古人之诗使不为岁月所斫伤的，那支撑着今人之诗使生长起来的，便是它。它以不同的姿态存在于古人和今人的诗中，多一点或少一点；它像是一个生物，渐渐地长大起来。所以在今日不把握它的现在而取它的往昔，实在是一种年代错误（关于这"诗的精髓"，以后有机会我想再多多发挥一下）。

现在，为给"林庚的四行诗是否是白话的古诗"这个问题提出一些证例起见，我们可以如此办：

一、取一些古人的诗，将它们译成林庚式的四行诗，看它们像不像是林庚先生的诗；

二、取一些林庚先生的四行诗，将它们译成古体诗，看它们像不像是古人的诗。

我们先举出第一类的例子来，请先看译文：

日 日

春光与日光争斗着每一天
杏花吐香在山城的斜坡间
什么时候闲着闲着的心绪

附 录

得及上百尺千尺的游丝线

（译文一）

这是从李义山的集子里找出来的,但是如果编入《北平情歌》中,恐怕就很少有人看得出这不是林庚先生的作品吧。原文是:

日日春光斗日光
山城斜路杏花香
几时心绪浑无事
及得游丝百尺长

（原文一）

我们再来看近人的一首不大高明的七绝的译文:

离 家

江上海上世上飘的尘埃
在家人倒过出家人生涯
秋烟已远了的蓼花渡口
逍遥的鸥鸟的心在天外

（译文二）

这是从最新寄赠新诗社的一本很坏的旧诗集《豁心集》(沉迹著)中取出来的。原文如下:

江海飘零寄世尘

在家人似出家人

蓼花渡口秋烟远

一点闲鸥天地心

（原文二）

这种滥调的旧诗，在译为白话后放在《北平情歌》中，并不会是最坏的一首。因此我们可以说，把古体诗译成林庚先生的"四行诗"是既容易又讨好。

现在，我们来举第二类的例子吧。这里是不脱前人窠臼的两首七绝和一首七律：

偶 得

春愁恰似江南岸

水满桥头渐觉时

孤云一朵闲花草

簪上青青游子衣

（译文三）

古 城

西风吹得秋云散

断梦荒城不易寻

瓦上青天无限远

宵来寒意恨当深

（译文四）

爱之曲

黄昏斜落到朱门

应有行人惜旅人

车去无风经小巷

冬来有梦过高城

街头人影知难久

墙上消痕不再逢

回首青山与白水

载将一日倦行程

（译文五）

这三首诗是从《北平情歌》中译出来的。《偶得》见第30页，《古城》见第61页，《爱之曲》见第67页，译文和原文并没有很大的差异（第三首第四句改变了一点，）最后一首，连韵也是步原作的。我们看原文吧：

春天的寂寞像江南草岸

桥边渐觉得江水又高涨

孤云如一朵人间的野花

便落在游子青青衣襟上

（《偶得》）

西北风吹散了秋深一片云

古城中的梦寐一散更难寻

屋背上蓝天时悠悠无限意

黄昏来的冻意惆怅已无穷

（《古城》）

都市里的黄昏斜落到朱门

> 应有着行人们怜惜着行人
> 小巷的独轮车无风轻走过
> 冬天来的寒意天蓝过高城
> 街头的人影子拖长不多久
> 红墙上的幻灭何处再相逢
> 回头时满眼的青山与白水
> 已记下了惆怅一日的行程

(《爱之曲》)

  这就证明了把林庚先生的"四行诗"译成古体诗也是并不困难而且颇能神似的。

  这些所证明的是什么呢？它们证明了林庚先生并没有带了什么东西给现代的新诗；反之，旧诗倒给了林庚先生许多帮助。从前人有旧瓶装新酒的话，"四行诗"的情形倒是新瓶装旧酒了；而这新瓶实际也只是经过了一次洗刷的旧瓶而已。在许多新诗人之间，林庚先生是一位有才能的诗人，《夜》和《春野与窗》曾给过我们一些远大的希望，可是他现在却多少给与我们一些幻灭了。听说林庚先生也常常写"绝句"（见英译《中国现代诗选》），那么或者他还没有脱出那古旧的桎梏吧。在采用了这"四行诗"的时候，林庚先生就好像走进了一个大森林中一样，他好像可以四通八达，无所不至，然而他终于会迷失在里面。

  而且林庚先生所提倡的"四行诗"，还会生一个很坏的影响，那就是鼓励起一些虚荣的青年去做那些类似抄袭的行为，大量地产生一些拿古体诗来改头换面的新诗，而实际上我们的确也陆续看到了几个这一类的例子了。

（原载 1936 年《新诗》第 2 期）

❖ 附录

记诗人许拜维艾尔

二十年前还是默默无闻的许拜维艾尔,现在已渐渐地超过了他的显赫一时的同代人,升到巴尔拿斯的最高峰上了。和高克多(Cocteau),约可伯(Jacob),达达主义者们,超现实主义者们等相反,他的上升是舒徐的,不喧哗的,无中止的,少波折的。他继续地升上去,像一只飞到青空中去的云雀一样,像一只云雀一样地,他渐渐地使大地和太空都应响着他的声音。

现代的诗人多少是诗的理论家,而他们的诗呢,符合这些理论的例子。爱略特(T. S. Eliot)如是,耶芝(W. B. Yeats)如是,马里奈谛(Marinetti)如是,玛耶阔夫斯基(Mayakovsky)如是,梵乐希(Valéry)亦未尝不如是。他们并不把诗作为他们最后的目的,却自己制就了樊笼,而把自己幽囚起来。许拜维艾尔是那能摆脱这种苦痛的劳役的少数人之一,他不倡理论,不树派别,却用那南美洲大草原的青色所赋与他,大西洋海底珊瑚所赋与他,喧嚣的"沉默",微语的星和驯熟的夜所赋与他的辽远,沉着而熟稔的音调,向生者、死者、大地、宇宙、生物、无生物吟哦。如果我们相信诗人是天生的话,那么他就是其中之一。

1935年,当春天还没有抛开了它的风、寒冷和雨的大氅的时候,我又回到了古旧的巴黎。一个机缘呈到了我面前,使我能在踏上归途之前和这位给了我许多新的欢乐的诗人把晤了一次(我得感谢那位把自己一生献给上帝以及诗的 AbbéDuperray）。诗人是住在处于巴黎的边缘的拉纳大街（Boulevard Lannes）上，在蒲洛涅林（Bois de Boulogne）附近。在一个阴暗的傍晚，我到了那里。在那清静而少人迹的街道上行着找寻诗人之家的时候，我想起了他的诗句：

有着岁月前来闻嗅的你的石建筑物，
拉纳大街，你在天的中央干什么？
你是那么地远离开巴黎的太阳和它的月亮，
竟至街灯不知道它应该灭呢还应该明，
竟至那送牛乳的女子自问，
那是否真是屋子，凸出着真正的露台，
那在她手指边叮当响着的，是牛乳瓶呢还是世界。

找到了拉纳大街四十七号的时候，天已开始微雨了，我走到一所大厦的门边，我按铃。铃声清晰地在空敞的门轩中响了好一些时候。一个男子慢慢地走了出来。

"诗人许拜维艾尔先生住在这里吗？"我问。

"在二楼，要我领你去吗？"

"不必，我自己上去就是了。"

我在一扇门前站住。第二次，铃声又响了。这次，来给我开门的是一个女仆，她用惊讶的眼睛望着我，好像这诗人之居的恬静，是很少有异国的访客来搅扰的。

"许拜维艾尔在家吗？"我问。

"在家，您有名片吗？"

她接了我的名片，关了门，领我到一间客厅里，然后去通报诗人。

❖ 附录

  我在一张大圈椅上坐下来,开始对于这已经是诗人的一部分的客厅,投了短促的一瞥。古旧的家具,先人的肖像,紫檀镂花的中国屏风,厚厚的地毯:这些都是一个普通的法国人家所应有尽有的,然而一想到这些都是兴感诗人,走进他的生活中去,而做着他的诗的卑微然而重要的元行的时候,这些便都披上了一层异样的光泽了。那女仆出来了,她对我说,她的主人很愿意见我,虽然他在患牙痛。接着,在开门的声音中,许拜维艾尔已经在门框间现身出来了。

  这是一位高大的人,瘦瘦的身体,长长的脸儿,宽阔的前额,和眼睛很接近的浓眉毛,从鼻子的两翼出发下垂到嘴角边的深深的皱槽。虽则已到了五十以上的年龄,但是我们的诗人还显得很年轻,特别是他的那双奕奕有光的眼睛。有许多人是不大感到年岁的重负的,诗人也就是这一类人之一,虽然他不得不在心头时时重整精力,去用他的鲜血给"时间的群马"解渴。

  "欢迎你!"这是诗人的第一声。"我们昨天刚听到念你的诗,想不到今天就看到了你。"

  当我开始对他说我对于他的景仰,向他道歉我打搅他等等的时候,"不要说这些,"他说,"请到我书房里去坐吧,那里人们感到更不生疏一点。"于是他便开大了门,让我走到隔壁他的书房里去。

  任何都不能使许拜维艾尔惊奇,我的访问也不。他和一切东西默契着:和星、和树、和海、和石、和海底的鱼、和墓里的死者。就在相遇的一瞬间,许拜维艾尔已和我成为熟稔的了,好像我们曾在什么地方相识过一样,好像有什么东西曾把我们系在一起过一样。

  我在一张沙发上坐下来,舒适地,像在我自己家中一样。而他,在横身在一张长榻上之后,便用他的好像是记忆中的声音开始说话了:

"是的，我昨晚才听到念你的诗。它们带来了一个新的愉快给我，我向你忏白，我不能有像你的《答客问》那样澄明静止的心。我闭在我的世界中，我不能忘情于它的一切。"

的确，这"无罪的囚徒"并不是一位出世主义者，虽然他竭力摆脱自己，摆脱自己的心。他所需要的是一个更广大深厚得多的世界，包含日、月、星辰、太空的无空间限制的世界；混和过去、现在与未来的无时间限制的世界；在那里，没有死者和生者的区别，一切东西都是有生命有灵魂的生物。

"我相信能够了解你，"我说，"如果你能够恕我的僭越的话，我可以向你提起你的那首《一头灰色的中国牛》吗？遥远地处于东西两个极端的生物，是有着他们不同的性格，那是当然的，正如乌拉圭的牛沉醉于 Pampa 的太阳和青空，而中国的牛行于青青的稻田中一样，但是却有一种就是心灵也难以把握得住的东西，使他们默契，把他们联在一起，这东西，我想就是'诗'。"

"这倒是真的，"诗人微笑着说，眼睛发着光，"我们总好像觉得自己是孤独地生活着，被关在一个窄狭到有时几乎不能喘息的范围里，因而我们便不得不常常想到这湫隘的囚牢以外的世界，以及这世界以外的宇宙……"诗人似乎在沉思了；接着，他突然说："想不到你对于我的诗那么熟悉。你觉得它怎样，这首《一头灰色的中国牛》？这是我比较满意的诗中的一首。"

"它启发了我对于你的认识，并使我去更清楚地了解你。"

因为说到中国，许拜维艾尔便和我谈起中国来了。他说他曾经历过许多国土，不过他至今引以为遗憾的，便是他尚未到过中国。他说他的友人昂利·米书（Henry Michaux）曾到过中国，写过一本关于中国的书，对他盛称中国之美，说那自认为最文明的欧洲人，在亚洲只是一个野蛮人而已。我没有读过米书的作品，所以也没有和许拜维艾尔多说下去。可是他却兴奋了起来，好像立时要补偿他的憾恨似的，向我询问起旅行中国的问题来，如旅程要多少日子，旅费大概要多少，入境要经过什么手续，生活程度如何，语言的隔膜如何打破，等等。而在从我这里得到一个相当的解决之后，他下着这样的结论："我总得到中国去一次。"于是他好像又沉思起来了。

我趁空把这书室打量了一下。那是一间长方形的房间，书架上排列着诗人所爱读的书，书案是在近窗的地方，而在案头，我看见一本新出的 Mesures。窗扉都关闭了，不能望见窗外的远景，而在电灯光下，壁上的名画便格外烘托出来了；在这里面，我辨出了马谛思（Matisse）、塞公沙克（D. de Segonzac）、毕加索（Picasso）等法国当代画伯的作品。我们是在房间的后部，在那里，散放着几张沙发，一两张小几和一张长榻，而我们的诗人便倚在这靠壁的长榻上；榻旁的小几上放着几张白纸，大概是记录诗人的灵感的。

诗人站了起来，在房里走了几步，于是：

"你最爱哪几位法国诗人？"他这样问我。

"这很难说，"我回答，"或许是韩波（Rimbaud）和罗特亥阿蒙（Lautréamont）；在当代人之间呢，我从前喜欢过耶麦（Jammes）、福尔（Paul Fort）、高克多（Cocteau）、雷佛尔第（Reverdy），现在呢，我已把我的偏好移到你和爱吕阿尔（Eluard）身上了。你瞧，这样的驳杂！"

听我数说完了这些名字的时候，许拜维艾尔认真地说：

"这也很自然的。除了少数一二人以外，我的趣味也差不多和你相同的。福尔先生是我尤其感激的，我最初的诗集还是他给我写的序文呢。而罗特亥阿蒙！想不到罗特亥阿蒙也是你所爱好的诗人！那么拉福尔格（Laforgue）呢？"

我们要晓得，拉福尔格和罗特亥阿蒙都是颇有影响于许拜维艾尔的，像他们一样，他是出生于乌拉圭国的蒙德维艾陀（Monteviedo）的，像他们一样，他的祖先是比雷奈山乡人，像他们一样，他是法国诗人。在《引力集》中，我们可以看到下面的诗句：

> 不论在什么地方我都掘着地，希望你会从地下出来，
> 我用肘子推开房屋和森林，去看你在不在后面，
> 我会整夜地大开着门窗等着你，
> 面前放着两杯酒，而不愿去沾一沾口。
> 但是，罗特亥阿蒙，
> 你却不来。

"拉福尔格吗？"我说，"可惜我没有多读他的作品，还在我记忆中保存着的，只《来临的冬天》（L'hiver qui vient）等数首而已。"接着，我便对他说起他新近出版的诗集《不相识的朋友们》（Les Amis Inconnus）：

"我最近读了你的诗集《不相识的朋友们》。"

"是吗？你已经买了吗？我应该送你一册的，可惜我现在手头只剩一本了。你读了吗，你的感想怎样？"

我没有直接回答他，却向他念了一节《不相识的朋友们》中的诗句：

> 我将来的弟兄们，你们有一天会说，

❖ 附 录

一位诗人取了我们日常的言语，
用一种无限地更悲哀而稍不残忍一点的，
新的悲哀去，驱逐他的悲哀……

在他的瘦长的脸上，又浮上了一片微笑，一片会心的微笑，一边出神地凝视着我。沉默降了下来。

在沉默中，我听到了六下钟声。我来了已有一个多钟头了，我应该走了。我站了起来：

"对不起，我忘记了你牙痛了，我不该再搅扰你，我应该走了。"

"啊！连我自己也忘了牙痛，我还忘了我已约定牙医的时间了，我们都觉得互相有许多话要说。你住在巴黎吗？我们可以约一个时间再谈，你什么时候有空吗？"

"我明天就要离开巴黎，"我说，"而且不久就要离开法国了。"

"是吗？"他惊愕地说，"那么我们这次最初的见面也许就是最后一次了。"

"我希望我能够再到法国来，或你能够实现你的中国旅行。"

"希望如此吧。不错，我不能这样就让你走的，请你等一等。"他说着就走到后面的房间中去。一会儿，他带了一本书出来：

"这是我的第三本诗集《码头》(*Débarcadères*)，现在已经绝版，在市上找不到的了，请你收了做个纪念吧！"接着他便取出笔来，在题页上写了这几个字：给诗人戴望舒作为我们初次把晤的纪念。茹勒·许拜维艾尔谨赠。

当我一边称谢一边向他告别的时候，他说：

"等一等，我们一道出去吧。我得去找牙医。我们还可以在路上谈一会儿。"

他进去了，我隐隐听见他和家人谈话的声音，接着他便带了大氅雨伞出来，因为外面在下雨。向这诗人的书斋投射了最后一眼，我便走出了。诗人给我开了门，让我走在前面，他在后面跟着。

"你没有带伞吗？"在楼梯上他对我说，"天在下雨。不要紧，你乘地道车回去吗？我也乘地道车，我可以送你到那里。你不会淋湿的。"

到了大门口，他把伞张开了。天在下着密密的细雨，而且斜风吹着。于是，在这斜风细雨中，在淋湿的铺道上，在他的伞下面，我们开始行着了。

"你近来有新作吗？"我问。

"我在写一部戏曲，写成了大约交给茹佛（Louis Jouvet）去演。说起，你看过我的《林中美人》（*La Belle au Bois*）吗？"

"那简直可以说是一首绝好的诗。而比多艾夫夫妇（Ludmilla et Georges Pitoeff）的演技，那真是一个奇迹！可惜我没有机会再看一遍了。"

我想起了他的诗作的西班牙文选译集：

"我在西班牙的时候读到你的诗的西班牙译本。如果没有读过你的诗的话，人们一定会当你做一个当代西班牙大诗人呢。的确，在有些地方，你是和西班牙现代诗人有着共同之点的，是吗？"

"约翰·加梭（Jean Cassou）也这样说过。这也是可能的事，有许多关系把我和西班牙连联在一起。那些西班牙现代的新诗人们，加尔西亚·洛尔加（Garcia Lorca），阿尔倍尔谛（Alberti），沙里纳思（Salinas），季兰（Guillen），阿尔多拉季雷（Alto'Agui-rre），都是我的很好的朋友。说起，你也常读这些西班牙诗人的诗吗？"

"我所爱的西班牙现代诗人是洛尔加和沙里纳思。"

我们转了一个弯,经过了一个小方场,夹着雨的风打到我们的脸上来。许拜维艾尔把伞放低了一些。

"我很想选你一些诗译成中国文,"沉默了一些时候之后我对他说,"你可以告诉我你自己爱好的是哪几首吗?"

"唔,让我想想看。"他接着就沉浸在思索中了。

地道车站到了。当我们默不作声地走下地道去的时候,许拜维艾尔对我说:

"你身边有纸吗?"

我从衣袋里取出一张纸给他。他接了纸,取出自来水笔。于是,靠着一个冷清清的报摊,他便把他自己所选的几首诗的诗题写了给我。而当我向他称谢的时候:

"总之,你自己看吧,"他说。

我们走进站去,车立刻就到了。上了拥挤的地道车后,我们都好像被一种窒息的空气以外的东西所封锁住喉咙。我们都缄默着。

Etoile 站快到了,我不得不换车回我的居所去。我向诗人握手告别。

"希望我们能够再见吧!"许拜维艾尔紧紧地握着我的手说。

我匆匆地下了车,茫然在月台上站立着。

车隆隆地响着,又开了,载着那还在向我招手的诗人许拜维艾尔,穿到暗黑的隧道中去了。

(原载《新诗》创刊号,1936 年 10 月)

诗人梵乐希逝世

据 7 月 20 日苏黎世转巴黎电，法国大诗人保禄·梵乐希已于 20 日在巴黎逝世。

梵乐希和我们文艺界的关系，不能说是很浅。对于我国文学，梵乐希是一向关心着的。梁宗岱的法译本《陶渊明集》、盛成的法文小说《我的母亲》都是由他作序而为西欧文艺界所推赏的。此外，雕刻家刘开渠、诗人戴望舒、翻译家陈占元等，也都做过梵乐希的座上之客。虽则我国梵乐希的作品翻译得很少，但是他对于我们文艺界一部分的影响，也是不可否认。所以，当这位法国文坛的巨星殒堕的时候，来约略介绍他一下，想来也必为读者所接受的吧。

保禄·梵乐希于 1871 年 10 月 30 日生于地中海岸的一个小城——赛特，母亲是意大利人。他的家庭后来迁到蒙柏列城，他便在那里进了中学，又攻读法律。在那个小城中，他认识了《阿弗诺第特》的作者别尔·路伊思，以及那在二十五年后使他一举成名的昂特莱·纪德。

在暑期，梵乐希常常到他母亲的故乡热拿亚去。从赛特山头遥望得见地中海的景色，热拿亚的邸宅和大厦，以及蒙柏列城的植物园等，在诗人的想象之中都留下了深深的印迹。

在 1892 年，他到巴黎去，在陆军部任职，后来又转到哈瓦斯通讯社去。在巴黎，他受到了当时大诗人马拉美的影响，变成了他的入室弟子，又分享到他的诗的秘密。他到英国去旅行，又结识了名小说家乔治·米雷狄思和乔治·莫亚。到这个时期为止，他曾在好些杂志上发表他的诗，结集成后来在1920年才出版的《旧诗帖》集。他也写了《莱奥拿陀·达·文西方法导论》（1895）和《戴斯特先生宵谈》（1896）。接着，他就完全脱离了文坛，过着隐遁的生涯差不多有二十年之久。

在这二十年之中的他的活动，我们是知道得很少。我们所知道的，只是他放弃了诗而去研究数学和哲学，像笛卡德在他的炉边似的，他深思熟虑着思想、方法和表现的问题。他把大部分的警句、见解和断片都储积在他的手册上，长久之后才编成书出版。

在1913年，当他的朋友们怂恿他把早期的诗收成集子的时候，他最初拒绝，但是终于答应了他们，而坐下来再从事写作；这样，他对于写诗又发生了一种新的乐趣。他花了四年功夫写成了那篇在1917年出版的献给纪德的名诗《青年的命运女神》。此诗一出，立刻受到了优秀的文人们的热烈欢迎。朋友们为他开朗诵会，又写批评和赞颂文字；而从这个时候起，他所写的一切诗文，便在文艺市场中为人热烈地争购了。称颂、攻击和笔战替他做了极好的宣传，于是这个逃名垂二十年的诗人，便在1925年被选为法兰西国家学院的会员，继承了法朗士的席位了。正如一位传记家所说的一样："梵乐希先生的文学的成功，在法国文艺界差不多是一个惟一的事件。"

自《青年的命运女神》出版以后，梵乐希的诗便一首一首地发表出来。数目是那么少，但却都是费尽了推敲工夫精炼出来的。1917年的《晨曦》，1920年的《短歌》和《海滨墓地》，1922年的《蛇》《女巫》和《幻美集》，都只出了豪华版，印数甚少，只有藏书家和少数人弄得到手，而且在出版之后不久就绝版了。1929年，哲学家阿兰评注本的《幻美集》出版，1930年，普及本的《诗抄》和《诗文选》出版，梵乐希的作品始普及于大众。在同时，他出版了他的美丽的哲理散文诗《灵魂和舞蹈》(1921)和《欧巴里诺思或大匠》(1923)，而他的论文和序文，也集成《杂文一集》(1924)和《杂文二集》(1929)。此外，他的《手册乙》(1924)、《爱米里·戴斯特太太》(1925)、《罗盘方位》(1926)、《罗盘方位别集》(1927)和《文学》(1929，有戴望舒中译本)，也相继出版，他深藏的内蕴，始为世人所知。

梵乐希不仅在诗法上有最高的造就，他同样也是一位哲学家。从他的写诗为数甚少看来，正如他所自陈的一样，诗对于他与其说是一种文学活动，毋宁说是一种特殊的心灵态度。诗不仅是结构和建筑，而且还是一种思想方法和一种智识——是想观察自己的灵魂，是自鉴的镜子。要发现这事实，我们也不需要大批研究梵乐希的书或是一种对于他诗中的哲理的解释。他对于诗的信条，是早已在四十年前最初的论文中表达出来了，就是在那个时候，他也早已认为诗是哲学家的一种"消遣"和一种对于思索的帮助了。而他的这种态度，显然是和以抒情为主的诗论立于相对的地位的。在他的《达文西方法导论》中，梵乐希明白地说，诗第一是一种文艺的"工程"，诗人是"工程师"，语言是"机器"；他还说，诗并不是那所谓灵感的产物，却是一种"勉力""练习"和"游戏"的结果。这种诗的哲学，他在好几篇论文中都再三发挥过，特别是在论拉封丹的《阿陶尼思》和论爱伦坡的《欧雷加》的那几篇文章中。而在他的《答辞》之中，他甚至说，诗不但不可放纵情绪，却反而应该遏制而阻拦它。但是他的这种"诗法"，我们也不可过分地相信。在他自己的诗中，就有好几首好诗都是并不和他的理论相符的；矫枉过正，梵乐希是不免的。

意识的对于本身和对于生活的觉醒，便是梵乐希大部分的诗的主题，例如《水仙辞断章》《女巫》《蛇之初稿》，等等。诗的意识瞌睡着，诗人呢，像水仙一样，迷失在他的为己的沉想之中；智识和意识冲突着。诗试着调解这两者，并使他们和谐；它把暗黑带到光明中来，又使灵魂和可见的世界接触；它把阴影、轮廓和颜色给与梦，又从缥缈的憧憬中建造一个美的具体世界。它把建筑加到音乐上去。生活，本能和生命力，在梵乐希的象征——树、蛇、妇女——之中，摸索着他们的道路，正如在柏格森的哲学中一样；而在这种"创造的演化"的终点，我们找到了安息和休止，结构和形式，语言和美，槟榔树的象征和古代的圆柱（见《槟榔树》及《圆柱之歌》）。

不愿迷失或沉湎于朦胧意识中，便是梵乐希的杰作《海滨墓地》的主旨。在这篇诗中，生与死，行动与梦，都互相冲突着，而终于被调和成法国前无古人的最隐秘而同时又最音乐性的诗。

人们说梵乐希的诗晦涩，这责任是应该由那些批评和注释者来担负的，而不是应该归罪于梵乐希自己。他相当少数的诗，都被沉没在无穷尽的注解之中，正如他的先师马拉美所遭遇到的一样。而正如马拉美一样，他的所谓晦涩都是由那些各执一词的批评者们而来的。正如他的一位传记家所讽刺地说的那样："如果从梵乐希先生的作品所引起的大批不同的文章看来，那么梵乐希先生的作品就是一个原子了。"他自己也这样说："人们所写的关于我的文章，至少比我自己所写的多一千倍。"

关于那些反对他的批评者的意见，我们在这里也讨论不了那么多，例如《纯诗》的作者勃雷蒙说他是"强作诗人"，批评家路梭称他为"空虚的诗人"，而一般人又说他的诗产量贫乏，等等；而但尼思·梭雷又攻击他以智识破坏灵感。其实梵乐希并没有否定灵感，只是他主张灵感须由智识统制而已。他说："第一句诗是上帝所赐的，第二句却要诗人自己去找出来。"在他的诗中，的确是有不少"迷人之句"使许多诗人们艳羡的；至于说到他的诗产量"贫乏"呢，我们可以说，以少量诗而获得巨大的声名的，在法国诗坛也颇有先例，例如波德莱尔、马拉美和韩波就都如此。

这位罕有的诗人对于思想和情性的流露都操纵有度，而在他的《手册》《方法》《片断》和《罗盘方位》等书中的零零碎碎的哲学和道德的意见，我们是不能加以误解的。那些意见和他的信条是符合的，那就是：正如写诗一样，思索也是一种辛勤而苦心的方法；正如一句诗一样，一个思想也必须小心地推敲出来的。"就其本性说来，思想是没有风格的"，他这样说。即使思想是已经明确了的，但总还须经过推敲而陈述出来，而不可仅仅随便地录出来。梵乐希是一位在写作之前或在写作的当时，肯花功夫去思想的诗人。而他的批评性和客观性的方法，是带着一种新艺术的表记的。

然而，在说这话的时候，我们的意思并不就是排斥那一任自然流露，情绪突发的诗，如像超自然主义那一派一样。梵乐希和超自然主义派，都各有其所长，也各有其所短，这是显然的事实。

梵乐希已逝世了，然而梵乐希在法国文学中所已树立了的纪念碑，将是不可磨灭的。

（1945年）